Chinz

Fast zu spät

(Das Schweigen der Glascontainer)

Buch

Tanja Bauer ist seit über zwanzig Jahren verheiratet, hat einen fast erwachsenen Sohn, leitet ihre eigene Tanzschule und wäre mit ihrem Leben einigermaßen zufrieden, wenn nicht dauernd ihre große Jugendliebe in ihren Gedanken und Träumen auftauchen würde und mit ihm die nicht zerstörbare Ahnung, dass es wahre Liebe, dass es ein großes Glück für sie geben könnte...

Autor

Chinz, 1968 in Köln geboren, wohnt heute in Varel.

Er arbeitet als Krankenpfleger, lebt als Musiker und Schriftsteller und bezeichnet sich selbst als gut gelaunten Melancholiker.

Bisher erschienen:
- „Alzagra", Roman
- „Die Brücke" (Kommissar Kittys erster Fall), Krimi

Chinz

Fast zu spät

(Das Schweigen der Glascontainer)

Roman

Tiff & Toff Taschenbuch 003

Die Deutsche Nationalbibliothek verzeichnet diese Publikation in der Deutschen Nationalbibliografie; detaillierte bibliografische Daten sind im Internet über http://dnb.dnb.de abrufbar.

Erstauflage 2013
(Titel „Das Schweigen der Glascontainer")
© dieser überarbeiteten Ausgabe:
2016 by Chinz und Tiff & Toff – Verlag
Hullenwiesenstraße 8
26316 Varel
www.TiffundToff-Verlag.de

Herstellung und Verlag:
BoD – Books on Demand, Norderstedt
ISBN: 978-3-7412-7440-4

Die Handlung und die Figuren sind zwar vom Leben inspiriert, aber ansonsten frei erfunden.

(Nur Meinhard hat damals wirklich die Gurke mit brennenden Wunderkerzen in die Klasse getragen. Dafür hier noch einmal: Vielen Dank!)

Für alle, die noch an ihre Träume glauben

„*The only thing I ever wanted to say, was wrong, was wrong, was wrong...*"
The Sundays „Here's Where The Story Ends"

Prolog:

Tanja konnte es kaum glauben. Sollte jetzt doch noch Wirklichkeit werden, wovon sie seit der siebten Klasse geträumt hatte?

Dexter hatte sie bei der Hand genommen und mit sanfter Gewalt auf den nicht erleuchteten Teil des Schulhofs gezogen. Widerstand hatte er nicht überwinden müssen.

Als sie im Schatten angekommen waren, nahm er ihr Gesicht in seine Hände und sah ihr lange tief in die Augen, bevor er langsam seinen Kopf zu ihr neigte. Sanft berührte sein warmer Mund ihre kalten und leicht aufgesprungenen Lippen. Ach, hätte sie doch noch einmal ihren Labello benutzt, aber hiermit hatte sie sowas von nicht gerechnet. Auch ihres Deos war sie sich nicht ganz sicher.

Dexters Hände ließen ihr Gesicht los. Mit einer Hand wuschelte er nun durch ihre langen schwarzen Haare und drückte dabei ihren Mund noch fester an seinen, die andere Hand wunderbar sanft und fest zugleich auf ihrem Po, so dass auch ihre Hüften nun sehr engen Kontakt hatten. Tanjas Gefühle am Anfang noch etwas hektisch zwischen den vielen wunderbaren Berührungspunkten hin und her schwankend - *von mir aus könnte er noch ein paar Hände mehr haben!* - bis sie endlich in einem großen, warmen und zufriedenen Glücksgefühl zusammenschwangen.

Die wunderbare kleine Ewigkeit wurde abrupt unterbrochen, weil sie beinah umgefallen wären. Sie waren beide nicht mehr ganz standsicher. Zum Glück hatte sich Dexter noch festhalten können.

Sie standen im matten Mondlicht neben der Tischtennisplatte aus Stein. Er hob sie mühelos hoch und setzte sie auf die Platte, sodass sie nicht mehr in Gefahr war umzufallen und praktischerweise auch ihre Münder nun auf gleicher Höhe waren.

Tanja sah hinter ihm das erleuchtete Schulgebäude, aus dem der Lärm des weit fortgeschrittenen Abiballs herüber wehte, dann sah sie seine Lippen auf die ihren zukommen und schloss die Augen. Sie wollte nichts mehr sehen, nur noch spüren...

Stattdessen hörte sie etwas.

Zweimal kurzes Würgen, dann ein langes, und dann das grässliche Klatschgeräusch, das ein Schwall Bier mit Salzgebäck auf Schulhofasphalt verursacht. Dexter stand nicht mehr vor ihr, sondern hockte neben der Tischtennisplatte und erbrach ungefähr ein 5-Liter-Fässchen.

Tanja versuchte krampfhaft, sich nicht auch zu übergeben. Sie hatte sowas noch nie mit anhören oder sehen können. Als Kind hatte sie immer gleich solidarisch mitgekotzt, wenn sich ihre Schwester übergeben hatte. Und als jetzt auch noch der scharfe Geruch nach Magensäure in ihre Nase stieg, war es wieder zu spät und sie hockte neben ihm.

Bei ihr kaum Bier, dafür ein nicht unerheblicher Teil des Buffets, in Fanta eingelegt. Das Zusammenkommen ihrer Körperflüssigkeiten hatte sich Tanja entschieden anders vorgestellt...

Dexter gab ihr ein Taschentuch und sie wischte sich den Mund ab. Er richtete sich auf und reichte ihr die Hand, doch offensichtlich war er noch zu schwach auf den Beinen, bekam sie nicht hochgezogen, stattdessen fielen beide zusammen um. Tanja in ihr gemeinsames nasses Werk und Dexter auf sie drauf.

Er oben, sie unten, auch davon hatte Tanja vorher eine ziemlich genaue und völlig andere Vorstellung gehabt.

Dexter richtete sich mühsam etwas auf und rollte zur Seite, sodass sie wenigstens wieder Luft bekam.

„Es tut mir leid. Oh Gott, es tut mir so leid! Soll ich dir hoch helfen?"

„Bloß das nicht!"

„Ich wollte doch nur... Es tut mir so leid! Nicole..."

„Ich heiße Tanja! Du Arsch!!!", schrie Tanja und lief weinend davon. Hinter sich hörte sie Dexter noch irgendetwas rufen, dann einen Schrei und einen dumpfen Aufprall, doch sie lief weiter und blickte sich nicht um, bis sie zuhause war...

Tanja war schon seit einer halben Stunde wach, traute sich aber immer noch nicht die Augen aufzumachen. Sie wusste, die Welt würde nur noch schwarz-weiß sein.

Vielleicht war es ja doch nur ein böser Traum gewesen? Aber der Rest von scharfem Geruch in der Nase und der Geschmack im Hals ließen keinen Zweifel zu. Einen Moment lang hatte sie wieder das Gefühl, sich übergeben zu müssen. Aber weder war da noch etwas im Bauch, zum herauswürgen, noch eine Träne übrig, die sie heute Nacht nicht geweint hatte.

Das Telefon klingelte wieder. Es hatte schon in der Nacht mehrmals ihre Schlaflosigkeit gestört.

Tanja lies die Augen fest geschlossen, tastete sich an dem enervierenden Klingeln vorbei bis zum Kühlschrank, froh, dass sie heute Nacht nichts Störendes in den ihr wohlbekannten Weg gelegt hatte. Nach einer halben Flasche Fanta und einem großen Löffel Nutella öffnete sie langsam die Augen. Diese waren sofort tödlich beleidigt, der Bauch begann gegen die Fanta zu protestieren, am verzweifeltesten aber ihr Herz, von dem Tanja nicht wusste, wie es in seinem gebrochenen Zustand noch Blut durch den Körper pumpen konnte.

Wie sie erwartet hatte, sah sie die Welt mal wieder nur noch in Schwarz-weiß. Was in Filmen manchmal ein reizvoller Kontrast, ein Stilmittel ist, war bei Tanja einfach nur nervend.

Seit einem schweren Autounfall vor über zehn Jahren war sie zeitweise farbenblind. Die Ärzte waren sich nicht einig gewesen, ob dies durch eine kleine Hirnblutung verursacht worden war, oder durch das Trauma, weil sie mit angesehen hatte, wie ihr Vater bei dem Unfall gestorben war.

(Der Neurologe hatte betont, dass sie nicht farbenblind sei, sondern unter einer *Cerebralen Achromatopsie* leide. Das war zwar ein großer Unterschied, hatte sich aber niemand sonst in der Familie merken können. Seither war sie für alle, außer dem Neurologen, farbenblind.)

Nach ein paar Wochen hatte sie wieder Farben sehen können und alle waren froh und dachten es sei vorbei. Später jedoch trat es immer wieder auf, wenn sich Tanja sehr aufregte oder völlig am Boden war.

Sie waren wieder zu dem Neurologen gegangen. Der hatte lange in seinen Büchern geblättert und dann mit dem Kopf geschüttelt.

„Du willst also sagen, dass du meistens ganz normal Farben siehst, aber wenn du dich aufregst, ist auf einmal alles schwarz-weiß?"

„Ja, genau. Wenn ich mich sehr aufrege, oder wenn ich sehr traurig bin."

Tanja hatte das jetzt zwar schon ein paar Mal erklärt, aber der Neurologe war schon ein älterer Mann, und sie kannte das von ihrem Opa, der vergaß auch immer sehr schnell alles, was man ihm erzählte.

Der Neurologe runzelte die Stirn, holte noch ein Buch aus dem Schrank, blätterte, las, schüttelte wieder den Kopf und sagte dann zu Tanjas Mutter:

„Nein. Das gibt es nicht. Vielleicht braucht Tanja mehr Aufmerksamkeit. Hat sie denn ein Hobby?"

Seither hatte Tanja niemandem mehr von ihren zeitweiligen Farbaussetzern erzählt.

Im Nachhinein war sie dem Neurologen trotzdem dankbar, weil ihre Mutter sie danach, um ein Hobby zu kreieren, zum Ballett brachte. Im gleichen Verein lernte sie später Tanzen und das war heute ihre ganz große Leidenschaft.

Im Gymnasium galt Tanja als komplett farbenblind. Das hatte durchaus Vorteile. Die Lehrer waren großzügiger mit den Noten, wo immer ihre „Behinderung" an einem Fehler schuld sein konnte, und auch als Gesprächsthema war es eine Weile sehr ergiebig. Irgendwann wussten allerdings alle, dass Tanjas Leben halt eher grau aussah und es gab nichts Neues mehr darüber zu berichten.

Als in der achten Klasse in Biologie die Augen durchgenommen wurden, hatte Tanja doch noch einmal einen zaghaften Versuch unternommen.

„Frau Schröder. Es gibt doch, soweit ich weiß, verschiedene Arten von Farbenblindheit."

„Ja, richtig Tanja. Ich hatte ganz vergessen, dass du farbenblind bist. Möchtest du etwas davon erzählen, wie das so ist?"

„Also, genaugenommen bin ich nicht farbenblind, sondern leide an einer cerebralen Achromatopsie."

„Ja. Genau, das ist der lateinische Name für Farbenblindheit. Die unterschiedlichen Formen nehmt ihr aber erst später durch."

Dass Lehrer oft keine Ahnung von dem haben, was sie erzählen, hatte Tanja schon vorher gewusst. Jetzt, wo es sie selbst betraf, war sie aber doch sehr entrüstet.

„Ich habe gehört, dass es auch Leute gibt, die mal farbenblind sind und dann wieder nicht."

„Ich sehe schon, Tanja will unbedingt ein Referat über dieses Thema halten. Heute würde ich aber gerne noch gerade mit den anderen Krankheiten durchkommen. Könnt ihr also bitte einmal umblättern!"

Die meisten Menschen interessieren sich nicht für Details und die wirklichen, komplizierten Zusammenhänge im Leben. Das Chaos das herrscht, diese riesige Ansammlung von Ausnahmen, Einzelfällen und Individuen die rumläuft und sich Leben nennt, ist den Meisten zu anstrengend, womöglich unheimlich. Einfache Erklärungen, Schlagzeilen - für mehr ist weder Zeit noch Interesse vorhanden...

Zwei Kaffee, eine magenberuhigende Kapsel und vier dick belegte Scheiben Toast später kam sich Tanja wenigstens wieder halbwegs wie ein Mensch vor. Ein überflüssiger, ungeliebter und im Bezug auf die Zukunft völlig ratloser Mensch zwar, aber da war sie ja in, nicht guter, aber zahlenmäßig beachtlicher Gesellschaft. Auch wenn das überwiegend Leute waren, mit denen sie gar nicht in einer Gesellschaft sein wollte.

In das Ballkleid würde sie nun nicht mehr reinpassen müssen. Tanja aß noch vier Scheiben Toast und machte sich dann auf den Weg in die Stadt, auch wenn sie schon auf dem

Hinweg wusste, dass heute selbst Shoppen nicht wirklich helfen würde.

Nach ein paar frustrierend schwarz-weißen Schaufenstern setzte sie sich ins *Café Durchblick* und trank einen Cappuccino um sich zu beruhigen. Die Farbe kehrte allerdings erst nach zwei Tortenstücken, einem weiteren Cappuccino und auch nur sehr blass zurück.

Als Tanja drei Stunden später nach Hause kam, lag ein Brief ohne Briefmarke auf ihrem Platz. Sie starrte ihn eine Weile böse an, so als könnte der Umschlag etwas dafür.

Nein Dexter, wegen dir habe ich gerade zweihundert Mark für Schuhe ausgegeben, die mir jetzt schon nicht mehr gefallen. Verschwinde aus meinem Leben!

Tanja warf den zerrissenen Umschlag theatralisch in die Mülltonne, nicht in die Altpapiertonne, damit sie erst gar nicht in Versuchung kam, ihn später doch noch zu lesen. Zur Sicherheit schüttete sie auch gleich noch den Badezimmereimer darüber aus.

Sie musste schnellstens weg von hier! Bisher hatte sie die Zukunftsplanung eher locker angehen lassen, aber jetzt schob sie den Sessel neben das Telefon und rief bei ihrem Onkel in Hamburg an, der ihr angeboten hatte, dass sie bei ihm wohnen könne, wenn sie dort etwas studieren wolle. Sie hatte keine Ahnung, welche Studiengänge dort angeboten wurden, aber irgendetwas würde sich schon finden. Hamburg, gut dreihundert Kilometer weit weg von Dexter, das sollte für den Anfang reichen...

- 2 -

Viele ungelesene und zerrissene Briefe später saß Tanja mit ihren drei besten Freundinnen im *Café Durchblick* und feierte ihren Abschied aus Bonn. Ihre Sachen waren schon in Hamburg. In ein paar Wochen würde sie ihr Studium auf Lehramt beginnen.

„Wirst du Bonn denn nicht vermissen? Deine Familie, die Freunde?"

„Außer euch werde ich hier niemanden vermissen."

„Auch nicht diesen Typen..., wie hieß er, Dieter?"

„Dexter. Nein. Ganz bestimmt nicht."

Tanja erzählte das erste Mal jemandem von dem grandiosen Desaster beim Abiball. Sie wollte es für immer abschließen und da war es sicher hilfreich, das zu Verarbeitende mal erzählt zu haben. Wann, wenn nicht heute bei den besten Freundinnen und mit freundlicher Unterstützung von zwei Gläsern Merlot?

Natürlich war auf die Freundinnen Verlass. Sie schimpften auf Dexter und ließen kein gutes Haar an Männern im Allgemeinen.

„Und er hat nie angerufen, sich nie entschuldigt, dir nie geschrieben?"

Tanja wurde leicht rot, log aber tapfer: „Nein."

„Typisch Mann!"

„So Typen wie der, immer der Coolste, aber wenn dann was schief geht, kneifen sie. Die sind alle feige, wenn es drauf ankommt. Weißt du noch Bodo?"

Und ein fröhliches Geläster ging los, das zu einem Wettbewerb der abscheulichsten Männerverfehlungen ausartete. Tanja war unauffällig leicht betreten.

Sie war es nicht gewohnt, so dreist zu lügen, aber war das in diesem Fall nicht egal? Dexter war, soweit sie wusste, schon weggezogen. Keine der hier Anwesenden würde ihn je kennenlernen. Was sollte es also? Bodo war eigentlich auch gar nicht so schlimm, jedenfalls vor drei Jahren, als sie mal kurz zusammen waren. Aber Übertreibung gehörte halt zum Geschäft. Tanja hatte sonst meist wenig zu erzählen. Sie war mehr die Zuhörerin. Außerdem ging es heute darum Dexter zu verarbeiten, und das war umso leichter, desto mehr er ein Arsch war.

Tanja ahnte, dass die Front gegen ihn bröckeln würde, wenn sie sagte, dass die ganze Nacht das Telefon geklingelt hatte. Sie sogar einmal glaubte, Steinchen an ihrem Fenster zu hören. All die Briefe... *Schluss jetzt!* Sie brauchte Mitleid! Sie merkte, wie gut ihr das tat.

„Wahrscheinlich hat er sich bei Nicole entschuldigt, weil er dachte, die hätte er in seinem Mageninhalt gewälzt."

Gegen Mitternacht waren alle Freundinnen gegangen und Tanja saß alleine mit ihrem dritten Glas Merlot am Tisch. Sie hatte gedacht, Geläster und Schlechtmachen würden ihr helfen, Dexter zu vergessen. Stattdessen hatte sie ein Gefühl von Schuld ihm gegenüber, und das war ja nun sowas von überhaupt nicht angebracht! Zu allem Überfluss hatte sie Dexter nun so sehr vor Augen wie lange nicht mehr... und halt sie beide beim Abiball.

Das Buffet war ausgesprochen gut gewesen. Den Eröffnungstanz hatte Dexter mit Nicole getanzt. Welch eine Überraschung...

Tanja hatte vier Wochen vorher einen verwegenen Vormittag lang gedacht, sie würde sich trauen, Dexter um den Eröffnungstanz zu bitten. Sie hatte sich einen genauen Plan gemacht, wann und wo sie ihn am Nachmittag abpassen wollte, um ihn fragen zu können, wenn niemand sonst dabei wäre.

Doch wie üblich im Leben kam alles anders. Sie stand mittags mit dem Bio-Kurs auf dem Flur und das Thema war selbstverständlich, wer mit wem tanzen würde, und Nicole erzählte zum wiederholten Male, dass sie Dexter morgen früh fragen würde.

„Wieso hast du ihn nicht heute gefragt?" Chris hatte mal wieder wenig Ahnung von dem, was um ihn passierte. Sympathisch, aber meistens nicht ganz anwesend.

„Dexter hat doch mittwochs immer frei, seitdem Frau Metzler krank ist." Nicole schüttelte den Kopf über so viel Unwissenheit.

„Na, hoffentlich schnappt ihn dir niemand weg bis dahin."

Die Aussage schien bei Nicole keinerlei Ängste hervorzurufen. Eher fühlte sie sich wohl in ihrer Annahme bestätigt, dass Chris nicht bei Vernunft war. Nicole und Dexter, das war vorherbestimmt. Das angesagteste Mädchen der Stufe, ha, der Schule, mit dem meistverehrten Jungen des Jahrgangs. Sie sah da wohl kaum ernsthafte Konkurrenz.

Sicherlich nicht in der neben ihr stehenden Tanja, die ziemlich rot geworden war bei dem Satz.

Ja, genau das war ihr verwegener Plan. Sie wusste, dass Dexter heute Nachmittag zur Theater-AG kommen würde und wollte ihn vor der Aula abpassen. Natürlich sollte es möglichst niemand sehen, wenn sie sich ihre Abfuhr holte. Einen Funken Hoffnung aber hatte sie: Dexter war immer sehr höflich und aufmerksam zu ihr gewesen. Vielleicht würde er in einem Moment der Überraschung aus Höflichkeit „Ja." sagen und dann wäre ihr einziges Problem, herauszufinden was schöner war: Nicole besiegt zu haben oder mit Dexter zu tanzen...

Sollte das nicht klappen, würde sie halt Martin fragen. Bei ihm konnte sie sich berechtigte Hoffnungen machen. Sie hatten schon mal einen Tanzkurs zusammen absolviert und er gehörte halt auch mehr zum normalen Fußvolk, wie Tanja.

Im Tagtraum schwelgend, hatte Tanja nicht mitbekommen, wer da gerade auf sie zukam.

„Hallo Dexter! Hast du schon eine Partnerin für den Eröffnungstanz? Wenn nicht, würdest du mit mir tanzen?"

Tanja und Nicole starrten Beate entsetzt an. Nicole entsetzt, dass sie es wagte und Tanja entsetzt, dass sie es wagte und sie selber es nicht gewagt hatte.

Dexter war mit Martin zusammen auf sie zugekommen. Tanja hoffte, dass sie eben nicht allzu blöd ausgesehen hatte beim Tagträumen. Ihre Schwester hatte mal gesagt, sie habe dabei meist den Mund auf und die Augen zu, so dass man immer in Versuchung sei, sie mit Käfern oder Würmern zu füttern.

Dexter schaute Beate überrascht an, lächelte höflich und antwortete freundlich aber bestimmt:

„Es wäre mir selbstverständlich eine Ehre gewesen, mit dir zu tanzen, aber sei mir nicht böse, ich wollte gerade jemand anders fragen."

Nicole warf Beate einen triumphierenden Blick zu, den diese aber nicht beachtete. Sie schien überhaupt nicht getroffen, sondern sah nun zu Martin und öffnete schon ihren Mund... *NEIN!*

Tanja reagierte blitzschnell: „Martin, möchtest du mit mir tanzen?"

Martin sah sie freudig überrascht an, schaute dann etwas ratlos zu Dexter. Dieser nickte mit einem Gesichtsausdruck, aus dem Tanja nicht schlau wurde und Martin sagte strahlend: „Sehr gern, Tanja!"

(Beate hatte sich daraufhin Chris gekrallt. Sie konnten beide nicht tanzen, hatten aber den ganzen Abiball viel Spaß.)

Tanja war es ein Rätsel geblieben, weswegen Martin eine Erlaubnis von Dexter benötigt hatte, aber wie auch immer. Es war irgendwie doch ein kleiner Erfolg über Nicole gewesen:

Martin hatte bei Tanja gestrahlt und Dexter hatte bei Nicoles Antrag keinerlei Begeisterung gezeigt. Es war vielleicht einfach zu klar gewesen...

Abgesehen davon hatte Martin wirklich gut getanzt, so gut, dass sie fast hätte übersehen können, dass Nicole den ganzen Abend um Dexter herumscharwenzelte und ihm einen Drink nach dem anderen brachte. Apropos Drink:

Tanja bestellte sich noch einen Merlot, obwohl sie wusste, dass sie es morgen früh bereuen würde. Aber sie war so versunken in der Erinnerung und jetzt kam gerade der schöne Teil, da konnte sie doch nicht aufhören!

Als Nicole zwischendurch auf Toilette war, kam Dexter auf Tanja zu und bat sie um den nächsten Tanz. Eigentlich hatte Tanja auch gerade zur Toilette gewollt, aber die Gelegenheit konnte sie sich natürlich nicht entgehen lassen und so war sie strahlend mit ihm gekommen.

Dexter nahm ihre Hand und beide warteten auf das nächste Lied, aber gerade jetzt wurde die Musik unterbrochen und alle Abiturienten noch einmal nach vorne gerufen, für das Jahrgangsfoto. Es dauerte furchtbar lange, bis alle auf der Bühne waren und so standen, wie die Fotografen es haben wollten. Nicole kam als letzte auf die Bühne und stellte sich auf die andere Seite neben Dexter.

Als das Blitzlichtgewitter dann los ging, hatte Dexter seinen Arm um Tanja gelegt und sie ein bisschen an sich gezogen. Auf den Fotos hatte Tanja sehr erstaunt und fröhlich ausgesehen, Nicole hatte vor Entsetzen vergessen zu lächeln und Dexter hatte gestrahlt.

Danach musste Tanja ganz dringend auf Toilette und als sie zurück kam, hatte sich Nicole Dexter längst wieder geschnappt.

Tja, das war es schon. Der schöne Teil war leider eher kurz gewesen. Nach dem Toilettengang war Herr Peters, ihr Musiklehrer, auf sie zugekommen.

„Tanja! Wie geht es dir?"

„Danke. Gut. Und Ihnen?"

„Was sagst du?"

Sie standen direkt neben den Boxen. Tanja versuchte es noch einmal etwas lauter:

„Mir geht es gut! Wie geht es Ihnen?"

„Ja, das freut mich."

Offensichtlich verstand er bei dem Lärm überhaupt nichts.

„Mich auch. Lassen Sie uns etwas weiter nach hinten gehen. Da ist es leiser."

„Was sagst du?"

Tanja nahm ihn einfach am Arm und ging mit ihm in einen Nebenraum am andern Ende des Saales. Hier konnte Herr Peters sie endlich verstehen.

Als er sie dann aber fragte, was sie jetzt machen wolle, wo sie mit der Schule fertig sei, wäre sie gerne zurück im Lärm gewesen. Das bisschen, was ihr dazu einfiel, fand offenbar nicht nur sie eher unbefriedigend und langweilig. Herr Peters wurde schnell müde und verabschiedete sich bald.

In einer Ecke des nun leeren Raums entdeckte Tanja einen Flügel. Zuhause hatten sie ein Klavier, aber auf einem Flügel zu spielen, war immer etwas Besonderes. Das hätte sie Herrn Peters sagen können: Am liebsten würde sie etwas mit Klavier, mit Musik, mit Tanz machen, aber dann bekäme ihr Stiefvater sicherlich einen Herzinfarkt.

Tanja spielte ein paar ihrer Lieblingsstücke und wollte dann zurück zur Feier, aber in der Tür stand Dexter. Ob er ihr zugehört hatte oder gerade erst vorbeigekommen war, wusste sie nicht. Er hatte sie an der Hand genommen und auf den Schulhof geführt und dann...

Tanja ließ das Glas halbvoll stehen und ging bezahlen. Nein, den Rest wollte sie ganz bestimmt nicht noch mal erinnern!

5 Jahre später:

Nach dem abgebrochenen Lehramtsstudium hatte Tanja inzwischen auch Jura drangegeben. Sie hatte bei einem Blick in den Studienführer feststellen müssen, dass der passende Studiengang für sie einfach noch nicht erfunden worden war.

Eine Erklärung, die für ihren Stiefvater nicht befriedigend war.

„Du hast was?"

Dauernd hatte Tanja mit älteren Männern zu tun, bei denen sie alles wiederholen musste.

„Ich habe das Jura-Studium drangegeben."

„Weißt du, wie viel Geld wir für dein Abitur und für deine bisherigen Studiengänge ausgegeben haben?"

„Nein. Aber ich nehme an, du hast da was vorbereitet?"

„Wie bitte?!?"

„Ich sagte, du hast..."

„Ich habe dich sehr gut verstanden! Das ist ja wohl unerhört! Und was willst du jetzt machen?"

„Irgendwas mit Tanz vielleicht..."

„Waaaaas?!?"

Nein. Das würde sie jetzt nicht auch noch wiederholen.

Seither hatte sie kein Geld mehr von den Eltern bekommen. Etwas Vernünftiges gelernt hatte sie auch nicht, außer der Produktion von Enttäuschungen, aber da brauchten die meisten keine Hilfe.

Ähnlich aussichtslos war ihre Suche nach einem passenden Mann gewesen. Nach jahrelanger Lektüre von *My Weekly*, *Das goldene Blatt* und den *Julia-Liebesromanen* hatten sich ihr Traummann und ihre Wirklichkeit immer weiter voneinander entfernt.

Farben schienen nun endgültig aus ihrem Leben verschwunden zu sein. Nach drei Stücken von ihrer Lieblingstorte wurde das Grau immerhin intensiver und kontrastreicher. Es gibt ungeheuer viele Abstufungen von Grau, wenn man sich damit beschäftigt.

Tanja spielte kurzzeitig mit dem Gedanken, ein Buch mit dem Titel „*Fifty Shades Of Grey*" darüber zu schreiben, aber... – wer außer ihr sollte sich für verschiedene Grautöne interessieren?

Zwei Sachen konnte sie wirklich gut: Tanzen und Zuhören. Wobei Tanzen ihr großen Spaß machte, aber nichts war, wovon sie leben konnte und Zuhören machte ihr noch nicht mal Spaß, geschweige denn, dass sie davon leben konnte.

Einmal dann aber doch.

Nach dem Abschlussball des letzten Tanzkurses hatte sie erst alleine an der Bar gesessen, dann war der Besitzer der Tanzschule, Bernhard Bode, zu ihr gekommen und hatte ihr sein komplettes Herz ausgeschüttet. Spaß war das wieder nicht, dafür würde sie demnächst davon leben können:

Fünf Monate später kniete Bernhard mit einem sichtbar teuren Ring vor ihr:

„Willst du mich heiraten?"

„Ja."

Das steht jetzt etwas nüchtern hier und so war es auch.

Er wusste, was er an ihr hatte. Eine durchaus hübsche, junge und sehr einfühlsame Gefährtin im Bett, der er hinterher noch stundenlang aus seinem Leben erzählen konnte. Das hatte bisher eigentlich noch jede vertrieben. Tanja hörte geduldig zu, war zwar schon mehrmals dabei eingeschlafen, aber wenigstens nie genervt weggegangen. Sie konnte sehr gut tanzen und bei Bedarf als Ersatz einspringen, wenn ein Tanzlehrer ausfiel. Auch kochte sie sehr gut. Und nicht zuletzt: Er war fünfunddreißig Jahre alt und hatte eigentlich schon mit dreißig heiraten wollen. Kein Traum der wahr wurde, aber deutlich das Gefühl: Etwas Besseres wirst du nicht mehr finden.

Tanja wusste, was sie an ihm hatte. Nachdem sie elf Monate mit sehr wenig Geld in einem sehr kleinen und zugigen WG-Zimmer gelebt, viele gehässige Bemerkungen von ihrem Stiefvater gehört und viele Tränen ihrer Mutter ertragen hatte, war sie froh, in ein großes Haus mit hohen Zimmern und Blick auf einen See ziehen zu können. Der Herd funktionierte ohne Macken, sie hatte einen eigenen begehbaren Kleiderschrank, sie würde ein großzügiges Taschengeld erhalten. Der Sex... Wirklich Guten kannte sie nur aus Büchern. Es ging schnell und schmerzlos und er erzählte, ohne dass sie viel sagen musste. Sie konnte meistens vor sich hin träumen... Vorher hatte sie schon ernsthaft darüber nachgedacht, als Prostituierte Geld zu verdienen. Naja, ein bisschen ähnlich war das Arrangement hier ja auch...

Irgendwann, als sie ihre Sachen in der WG packte, um zu Bernhard zu ziehen, blätterte sie in der Abi-Zeitung und sah ein Foto von Dexter.

Sie ahnte, dass das einer der größten Vorteile von Bernhard war: Er war zuverlässig, reich und langweilig. Groß, ein wenig plump, wenig muskulös, blass. Er war so dermaßen wenig wie Dexter, dass Tanja hoffte, dass sie es bei Bernhard endlich schaffen würde, nicht jeden Tag an Dexter zu denken...

- 4 -

Der Hochzeitstag war ein wirklich gelungener Tag gewesen, womöglich tatsächlich der bisher schönste Tag in Tanjas Leben. Sehr leckeres Essen, ein erlesener Merlot aus Chile und sie hatte mindestens vier Stunden lang getanzt.

Bernhard als Tanzlehrer sehr schulmäßig und ausdauernd. Deutlich mehr Spaß hatte das Tanzen mit zwei Männern aus dem Anfängerkurs gemacht. Es kam in Tanjas Leben sonst selten vor, dass sie führen konnte, dass sie sich auf einem Gebiet mal richtig sicher war.

Die Hochzeitsnacht dann eher wieder unsicheres Terrain. Der Sex ähnlich wie vorhin das Tanzen: Perfekte Technik, bloß es fehlte ein bisschen das Temperament, das Überraschende. Bernhard aber ließ sich zufrieden und stolz in sein Kissen fallen:

„Na, wie war ich?"

Tanja hatte bisher geglaubt, die Frage gäbe es nur in Witzen, aber er stellte sie tatsächlich und ernsthaft.

„..."

Ob es das viele Tanzen oder der vierte Merlot oder doch die dritte Portion von dem göttlichen Kartoffelsalat war...

Tanja hatte eigentlich etwas Nettes sagen wollen, aber nachdem sie erst wegen Aufstoßens nichts sagen konnte, musste sie sich danach wegen des scharfen Geschmacks auch noch übergeben. Leider schaffte sie es nicht mehr rechtzeitig bis zur Toilette.

Bernhard war beleidigt über ihre Antwort, auf seine für einen Mann sehr wichtige Frage, und blieb schmollend im Bett liegen.

Nachdem Tanja den Teppich auf Schwiegermutters Flur sehr gründlich geschrubbt hatte und zurück ins Schlafzimmer kam, war Bernhard eingeschlafen...

Das störte sie nicht wirklich. Mehr machte ihr zu schaffen, dass sie während des Schrubbens wieder an Dexter hatte denken müssen. Würde das denn nie aufhören? ...selbst in der Hochzeitsnacht.

Nein, es hörte nicht auf... In der Nacht träumte sie von ihrer Hochzeit mit Dexter. Drei Brautjungfern gingen hinter ihr her, alle mit einer großen Glasschüssel in der Hand, für den Fall, dass sie sich beim Ja-Wort übergeben würde...

Immerhin waren es sehr schöne, funkelnde Kristallschüsseln von Villeroy & Boch.

10 Jahre später:
- Welche drei Dinge würden sie auf eine einsame Insel mitnehmen?
Meine Tanzschuhe, ein Klavier und eine gute Flasche Merlot.
- Lieblingsfarbe?
Rauchgrau.
- Lieblingsessen?
Toast Hawaii.
- Lieblingsfilm?
Jenseits von Afrika.
- Findest du dich attraktiv?
Nein. Ich bin eher an Männern interessiert.

Tanja lächelte amüsiert, war sich dann aber nicht sicher, ob alle diesen Witz verstehen würden. Sollte sie es noch mehr erklären?

Tanja, das liest keiner! Es fragt dich niemand! Da werden nur Prominente befragt!

Keine wirklich sinnvolle oder anspruchsvolle Tätigkeit, sich Antworten auf die Fragebögen in den Frauenzeitschriften auszudenken, aber Tanja fand es ungeheuer entspannend.

Wenn sie gerade keinen neuen Fragebogen mehr fand, dachte sie sich selber welche aus. Die waren meist geistreicher:

- Wenn sie drei Wünsche frei hätten?

Hätte ich gerne als erstes eine wirklich gute Idee, was ich mir wünschen könnte und dann zweitens diese erfüllt und dann drittens unendlich Zeit, um das, was auch immer, zu genießen.

- Drei Männer die sie lieber zum Ehemann hätten als Ihren momentanen?

Hugh Jackmann, Johnny Depp, Dexter Flemming.

Nein. Sie war nicht unzufrieden mit ihrem Ehemann. Auf Nachfrage bezeichnete sie sich sogar als glücklich verheiratet, und meistens hatte sie dabei nicht mal das Gefühl zu lügen.

Tanja stand in der Küche, ihrem Lieblingsplatz im Haus und bereitete das Frühstück für ihre beiden Männer vor und für Bernhard noch eine Brotdose, damit er auf der Arbeit gut versorgt war.

Glücklich verheiratet... Es war ja vor allem eine Definitionssache. Sie kannte auf jeden Fall eine Menge deutlich unglücklicherer Ehen, und seit der Hochzeitsnacht war doch auch alles ohne größere Dramen und Zwischenfälle verlaufen.

Das größte Unglück der letzten fünf Jahre war gewesen, als ihr eine betrunkene Frisöse die Haare vor Schwiegermutters sechzigstem Geburtstag ruiniert hatte.

Tanja legte noch etwas Obst in die Tupperdose und packte sie dann in Bernhards Tasche, nachdem sie den Müll dort entfernt hatte.

Mit einem euphorischen Glück oder großen Abenteuern hatte Tanja nicht mehr wirklich gerechnet nach ihrer Vergangenheit... Viele große Träume endeten in wenigen kleinen Wirklichkeiten.

Zum Beispiel mit Karl, ein Jahr nach ihrem Abitur:

Sie mochten sich beide, viele gute Gespräche, zusammen im Kino, ein bisschen geknutscht und als sie etwas mehr wollte, hatte er geblockt:

„Tanja, du bist keine Frau für eine Nacht, du bist ein viel zu wertvoller Mensch, mit dir möchte man ein Leben verbringen. Aber soweit bin ich noch nicht - Gib mir etwas Zeit."

Sie war hin und her gerissen zwischen Euphorie und Enttäuschung, hatte ihm Zeit gegeben, besser gesagt, hätte ihm Zeit gegeben..., aber nur drei Monate später erfuhr sie, dass er jetzt mit Elisabeth zusammen und diese von ihm schwanger war. Der Zeugungsakt musste grad mal ein bis zwei Wochen nach ihrem Abend stattgefunden haben...

Gott, nein. Ich bin ja froh, dass ich nicht schwanger geworden bin damals. Aber... Erobert worden wär ich schon gern!

Nein. Für Träume, Romantik und Eroberungen hatte sie Bücher. In der Realität sind Gesundheit und Geld viel wichtiger. Glück? ...Total überbewertet.

Die ersten Jahre hatte sie den Wohlstand genossen, war viel auf Feiern und im Urlaub gewesen, hatte viel getanzt und viele wirklich vorzügliche Merlots kennengelernt.

Vor zwei Jahren war ihr Sohn Max geboren worden. Auch da war sie jetzt langsam aus dem Gröbsten raus. Ihre

Brüste hatten sich langsam erholt, ließen sich erfreulich wenig hängen und zumindest Max große Geschäfte landeten schon in der Toilette. Allerdings wurde er nun langsam so schwer, dass sie nicht mehr stundenlang mit ihm auf dem Arm durch das Wohnzimmer tanzen konnte.

Sie hätte gerne noch ein Kind bekommen, aber Bernhard war dagegen. Obwohl er ja nur selten da war, waren ihm sowohl der Geruch der Windeln als auch die Melodie des nächtlichen Gequakes nicht angenehm gewesen.

Tanja hatte stattdessen einen Hund bekommen, damit ihr Gequängel aufhörte. Eine Golden Retriever Hündin namens Donja. Also letztendlich ein Junge und ein Mädchen, wie sie sich das immer erträumt hatte...

- 6 -

- Welche drei Dinge würden sie zu einem Klassentreffen mitnehmen?

Deotücher, Fotoapparat und Baldrian...

Das Baldrian, die ganze Aufregung, was sie anziehen sollte und den Extra-Friseurbesuch zwei Tage vorher hätte Tanja sich sparen können. Dexter war nicht da.

Natürlich war sie nicht nur wegen ihm zum zehnjährigen Abitreffen gefahren, aber er war der gewesen, dessentwegen sie sich wochenlang vorher Gedanken um ihr Aussehen und ihr Gewicht gemacht hatte, mal abgesehen von den teilweise sehr wüsten Träumen nachts..., wenn sie denn hatte schlafen können und sich nicht über die Begrüßung den Kopf zerbrochen hatte:

Sollte sie ihm fröhlich und unbefangen gegenübertreten, so als hätte sie ihm tatsächlich vergeben, oder ihn erst mal mit Missachtung strafen, weil der Schmerz ja tatsächlich noch immer sehr tief saß?

Was aber, wenn er sie dann auch nicht beachten würde? Weil..., sie wollte ganz dringend von ihm beachtet werden! Er sollte sich entschuldigen und dann könnten sie gerne etwas zusammen trinken und viel erzählen und tanzen und unauffällig zur Tischtennisplatte spazieren...

Am schlimmsten natürlich, wenn ich ihm fröhlich entgegentrete und er mich trotzdem nicht beachtet. Vielleicht kommt er auch gleich mit Nicole im Arm auf der Feier an?

Ihre ersten Sätze zu Dexter hatte sie im Gedanken schon ungefähr in zweihundert verschiedenen Variationen gesprochen. Trotzdem war sie völlig ratlos hingefahren, aufgeregt wie ein Kind vor Weihnachten, das noch nicht weiß, ob es Geschenke oder die Rute bekommt.

Doch der Weihnachtsmann war nicht gekommen. Keiner wusste, wo Dexter geblieben war. Nicht wirklich ungewöhnlich. Es gab noch ein paar andere Schüler ihres Jahrgangs, die weggezogen waren, ohne dem Abitreffkomitee die neue Adresse mitzuteilen.

Tanja war sehr erleichtert, dass auch Nicole keine Ahnung hatte, wo Dexter war und sich augenscheinlich auch nicht dafür interessierte, sondern allen stolz ihren gutaussehenden neuen Freund vorstellte. Sehr erfolgreich mit Werbung oder an der Börse, jedenfalls mit irgendetwas, was Tanja nicht interessierte.

Bernhard war nicht mitgekommen, aber Tanja hatte ein sehr vorteilhaftes Foto von ihm und natürlich viele süße Fotos von Max. Sie stellte voller Befriedigung fest, dass die meisten sich dafür deutlich mehr interessierten, als für Nicoles austauschbare Ken-Puppe...

Als sie dann noch Bilder von ihrem Haus mit der großen offenen Küche, freistehendem Herd und Blick in den großen Garten rumzeigte, hatte Nicole keine Chance mehr.

Tanja fühlte sich seit langem richtig gut, fand Bernhard auf einmal durchaus attraktiv und blieb gegen ihre Gewohnheit bis zum Schluss bei einer Feier.

Tanja blieb über das Wochenende in Bonn und übernachtete bei Mutter und Stiefvater. Man berichtete sich gegenseitig aus dem nicht sehr spannenden Leben. Tanja spielte auf ihrem alten Klavier.

Am Sonntagmorgen gingen sie zusammen zum Gottesdienst. Weder Tanja noch ihre Mutter waren vom frühen Aufstehen begeistert, aber ihr Stiefvater war in der Beziehung sehr konservativ.

Tanja saß während der Liturgie in Gedanken versunken auf der Holzbank und dachte sich Fragebögen aus. Doch dann kam überraschenderweise eine wirklich brauchbare Predigt: Ein sehr meditativer Text über die schönen Augenblicke im Leben, darüber, wie wichtig es ist, schöne Erinnerungen zu haben.

„Am Ende des Tages zur Ruhe kommen, den Tag ausklingen lassen und überlegen: Was kann ich von heute mitnehmen in mein weiteres Leben? Was war wichtig, was kann ich gleich wegsortieren? Die Erinnerungen des Tages aussieben, wie ein Goldsucher durch ein Sieb. Das Meiste kann durchfallen, ist nur Staub, bald verweht und unwichtig. Aber manche Gespräche und Begegnungen sind wie Goldkörner - Sie können unser ganzes Leben halten. Manchmal sind da sogar Goldklumpen, die uns reich machen. Wir müssen sie bloß finden zwischen dem ganzen Staub und Dreck unseres Alltags. Nehmt euch abends zehn Minuten Zeit und siebt euren Tag durch. Die Goldkörner, die ihr findet, bewahrt sie gut auf! Es kann ein ganzer Schatz werden."

Der Pastor ließ Zettel und Stifte verteilen und gab dann allen zehn Minuten Zeit, die Goldkörner der letzten Tage und Wochen auszusieben und aufzuschreiben.

Tanja fiel ungeheuer viel ein und sie war sehr stolz, weil sie als einzige in der Reihe den Zettel vollgeschrieben hatte. Erst beim Durchlesen zuhause fiel ihr auf, dass die meisten Sachen davon schon lange zurück lagen... Monate, das meiste Jahre... Sie war wohl etwas abgeschweift. Was hatte Dexter auf diesem Zettel zu suchen?! Seit zehn Jahren hatte sie ihn nicht mehr gesehen...

Die letzten Wochen und Tage? Irgendein Goldkorn?

Immerhin der „Sieg" über Nicole, das Klavierspielen.

Selbst Goldkörner sind bei mir grau...

Hörte sich nicht nach einem sich anhäufenden Schatz an.

15 Jahre später:
- Welche drei Dinge würden sie auf eine einsame Insel mitnehmen?
Meine Küche, einen Walkman, den Vibrator.

Tanja stand in ihrer geliebten Küche und machte Frühstück. Eine Brotdose für Max und einen Teller mit Schnittchen für Bernhard, der noch schlief.

Sie füllte auch schon Kaffeepulver in die Maschine und stellte die Zeitschaltuhr auf drei Stunden. Dann würde Bernhard ungefähr aufstehen und mit frischem Kaffeeduft empfangen werden.

Sie war schon spät dran. Der Ausgang mit Donja hatte wegen des neuen Hundes in der Nachbarschaft etwas länger als sonst gedauert.

Tanja stopfte sich schnell ein Stück Kuchen von gestern in den Mund und schüttete den Rest vom Kaffee aus.

Sie musste dringend los, Max zur Schule bringen und dann ins Büro. Von da am Nachmittag direkt zur Tanzschule, die sie jetzt seit zwei Jahren leitete.

Bernhard hatte damals einen kleinen Zusammenbruch erlitten. Es war zwar kein Herzinfarkt gewesen, aber der Arzt hatte gesagt, er stehe kurz vor einem Burnout und solle sich erst mal ein bisschen schonen. Das tat er jetzt seit zwei Jahren.

Tanja hatte angeboten, vorrübergehend die Leitung zu übernehmen und Bernhard hatte keinerlei Anstalten gemacht, ihr das wieder abzunehmen.

Nein, er kam bestens mit dem Leben zuhause zurecht. Auch dort machte er keinerlei Anstalten, ihr etwas abzunehmen.

Überhaupt war Abnehmen nicht so sein Ding. Das Gewicht näherte sich langsam, aber erfolgsorientiert dem dreistelligen Bereich.

Auch Tanja hatte etwas zugelegt. Bei ihr war es aber nicht zu wenig Bewegung, mehr ein zu viel an Stress und zu viel schnelles Reinstopfen in den wenigen kurzen Pausen.

Immerhin hatte Bernhard nach dem ersten Jahr wieder die Buchhaltung übernommen. Damit war Tanja überhaupt nicht zurechtgekommen.

Sex hatten Tanja und Bernhard nur noch selten, meistens wenn beide betrunken waren und immer nur im Dunkeln.

Es wurde bloß immer schwerer, sich dabei ein heißes Abenteuer mit Hugh Jackmann oder Dexter Flemming vorzustellen, wenn der Mann über ihr nicht wegen Leidenschaft und Erregung stöhnte und ächzte...

Sie wusste, wie sie sein Kommen beschleunigen konnte und machte davon regelmäßig Gebrauch. War sicher auch besser für seine Gesundheit.

Ach, selbst wenn er schlank, muskulös und gutaussehend gewesen wäre... Tanja war abends einfach froh, wenn sie unbehelligt ins Bett durfte.

Sie war hundemüde und oft ging sie noch mit schlechtem Gewissen ins Bett, weil sie nicht alle Hausarbeit erledigt bekommen hatte.

Auch für das Abitreffen fehlte ihr dieses Jahr die Kraft. Sie trank am Abend noch ein Bier mit Bernhard. Also, gleichzeitig mit Bernhard, der Fußball guckte.

Tanja prostete im Gedanken ihren Schulkameraden zu, insbesondere einem, der wahrscheinlich sowieso nicht da war...

Doch, sie wäre gerne hingefahren. Sie dachte oft an das letzte Treffen. Es hatte etwas gedauert, bis sie begriffen hatte, warum.

Ihr fehlten die Komplimente, die Bestätigung, die Wertschätzung.

Bernhard sagte ihr nette Sachen, aber halt nur wenn sie nachfragte:

„Gefällt dir das Kleid?"

„Du siehst toll aus."

„Hast du mich lieb?"

„Natürlich Schatz, ich hab dich lieb."

„Wie schmeckt das Essen?"

„Lecker, wie immer."

Ihre Schwiegermutter sagte Nettes nicht mal auf Nachfrage...

Auch bei ihren Freunden, den anderen Müttern in der Schule, bei allen: Nie kam ein Lob oder Kompliment von alleine.

Dass es auch anders ging, hatte sie schon häufiger beobachtet:

Früher Nicole, hier zwei sehr angesagte Mütter. Bei denen kam alles ganz von selbst. Auf die ging jeder zu und lobte ungefragt die neue Frisur, das neue Kleid.

Wahrscheinlich saßen die auch zuhause und erlebten ungefragtes Entzücken über das gekochte Frühstücksei.

Aber das war nicht mal das Schlimmste.

Am meisten wurmte Tanja, dass sich andere nicht über ihre ungefragten Komplimente zu freuen schienen.

Sie hatte oft das Bedürfnis, jemandem spontan etwas Nettes zu sagen. Und sie wusste ja, wie sehr sie sich selbst nach Wertschätzung sehnte.

Dann machte sie ein Kompliment und es wurde ohne sichtbare Emotion zur Kenntnis genommen. Gerade Mal ein artiges „Danke." und dann das nächste Gesprächsthema. Kein Strahlen, selten genug überhaupt ein Lächeln.

Hätte ihr ein netter junger Mann so ein Kompliment gemacht, es hätte sie durch Tage getragen.

Tja, da lag womöglich das Problem: Hätte ihr ein dicker alter Mann ein Kompliment gemacht, sie hätte artig „Danke." gesagt.

Scheiße!

Tanja schaute noch einmal in den Spiegel.

Also dick nun wirklich nicht, aber halt weder schlank noch sonst irgendwie besonders. Normal halt.

Würde ich mich über ein Kompliment von einem normalen, unscheinbaren Mann freuen?

Sie sah sich mürrisch an. War es vielleicht ihr Blick? Oft sagte sie etwas Nettes, das ihr gerade durch den Kopf ging dann doch nicht, weil derjenige nicht so aussah, als wolle er das hören.

Ich würde es so gerne hören! Sehe ich womöglich so aus, als wollte ich es nicht hören? Oder sehe ich halt doch so aus, dass niemand von alleine auf die Idee kommt?

Auch unter der Bettdecke war diese aussichtslose Diskussion nicht zu stoppen.

Während sich in ihrem alten Gymnasium die ersten knutschenden Pärchen ins Dunkel verzogen und sich womöglich irgendwo im Gras wälzten, wälzte Tanja sich mit düsteren Gedanken in ihrem Bett. Immerhin musste sie sich nicht übergeben.

- 8 -

Sie hatte weder den Vibrator noch ihre Küche mit in den Urlaub genommen. Ibiza war ja auch nicht wirklich eine einsame Insel.

Immerhin hatte sie tatsächlich ihren Walkman mit und wanderte Musik hörend durch die schöne Landschaft im Inland, während Max mit seinem Vater am Strand war.

Tanja war die ersten Tage mitgegangen, aber ihre Haut war sehr sonnenempfindlich und ihr Gemüt reagierte auch sehr empfindlich darauf, in welchem Tempo die Männer bei ihr weggguckten, während sie anderen viel Aufmerksamkeit schenkten.

Selbst Bernhard konnte sich hier in völlig ungewohnter Beweglichkeit sehr schnell zu sämtlichen schlanken, jungen Damen am Strand umdrehen... Es gab entschieden zu viele davon.

Tanja hatte daraufhin auch mal den schlanken Männern nachgeschaut, aber es brachte ihr irgendwie nichts, außer einem leicht gesteigerten Frust bei der Erkenntnis, dass die ja sowieso nichts von ihr wollen würden...

Auch nervte sie am Wasser mal wieder ungewohnt heftig ihre Farbenblindheit.

In den meisten Bereichen des Lebens hatte sie sich daran gewöhnt, aber das Meer war in ihren Träumen immer so wunderbar tiefblau in herrlichem Kontrast zum hellblauen Himmel. Umso frustrierender, nun in der Realität, ein Steingrau in langweiligem Kontrast zu Mausgrau wahrzunehmen.

Der noch größere Frust aber war gestern Abend ein Moment von Selbsterkenntnis gewesen:

„Braves Mädchen", hatte Bernhard zu ihr gesagt, als sie ihm das Bier zum Fernseher gebracht hatte. Es war wahrscheinlich sogar nett gemeint gewesen, aber es traf Tanja tief ins Herz.

Ja, genau. Ein braves Mädchen bin ich. Viel zu brav.

Er ist sich meiner sicher, er muss sich keine Mühe mehr geben, ich werde immer funktionieren.

Braves Mädchen. Alles ist selbstverständlich. All die Mühe die ich mir gebe ist niemandem mehr etwas Besonderes.

Bernhard kennt mich. Es gibt nichts Neues mehr an mir zu entdecken.

Ich bin ein Engel, und damit selbstverständlich immer gut und ohne Sünde.

Ich wünschte, ich könnte ein Teufelchen sein, eine die mit dem Feuer spielt, die auch mal die Beine wie zufällig spreizt, wenn ein attraktiver Mann den Strand entlang kommt... Aber ich erröte schon bei dem Gedanken.

Ich bleibe ein braves Mädchen und gehe nicht an Messer, Feuer, Licht...

Wenn Leben ein stetiger Wandel, ein Abenteuer, eine Zeit voller Überraschungen sein sollte, dann bin ich definitiv schon tot.

Ich werde immer bei Bernhard sein, immer für ihn da sein, darauf kann er sich verlassen...

Eigentlich ein gesellschaftlich geachteter und positiver Charakterzug: Treue und Verlässlichkeit... Will ich von Bernhard ja auch, aber... Oft geht es mir nur auf den Keks. Keine Ahnung was. Das Eingefahrene? Das Vorherbestimmte?

Vielleicht aber auch nur:

Das alles wäre ich total gerne, für jemanden, der es zu schätzen wüsste, für jemanden, der es wert wäre...

Tanja war schon fast wieder bei ihrem Bungalow angekommen und zog den Kopfhörer aus. Zwei Frauen kamen ihr entgegen und zeigten in die Landschaft:

„Ach, wunderbar... und diese Farben! Ein toller Anblick!"

Tanja verdrehte die Augen. *Ja. Tolle Grautöne! Find ich auch...*

Sie lebte halt in einer anderen Welt. Inzwischen glaubte sie fast nicht mehr an Farben. Das war wie Liebesromane. Alle sprechen von großer Liebe, lodernder Leidenschaft, von dem einen Bestimmten... Aber in Wirklichkeit gab es den nirgendwo.

Wenn sie sich hier umschaute, wenn sie an ihre Freundinnen zuhause dachte - ein wirklich glückliches Paar fiel ihr nicht ein.

Alle sprachen von grellem Gelb, sattem Blau und lebendigem Grün, aber in Wirklichkeit bestand doch aller Leben aus abwechslungsreichem Mausgrau, Taubengrau und Steingrau in verschiedenen Schattierungen und Intensitäten...

Ein paar Tage später hatte auch Max die Nase voll. Er saß mit Tanja auf der Terrasse ihres Bungalows und murmelte: „Ich hab Heimweh."

„Ich auch", seufzte Tanja.

Sie starrte Richtung Meer. Eigentlich hatte sie kein Heimweh. Wieder nach Hamburg, zurück in den alten Trott? Bernhard vor dem Fernseher, sie irgendwo in Gedanken. Da wollte sie nicht hin, aber hier bleiben auch nicht, obwohl es schön war. Fernweh war es auch nicht. Sie war ja gerade in der Ferne. Und sogar da, wo sie schon oft Fernweh hin gehabt hatte.

Was auch immer, es war halt ein Weh. Das musste heute als Antwort auf die Frage reichen. Welche Frage eigentlich und... wer hatte sie gestellt?

Tanja nahm sich zum wiederholten Male vor, sich nicht dauernd in aussichtslose Diskussionen mit ihr selbst zu verstricken.

Vielleicht war es eher so ein Wegweh... Ein Ganzweitwegweh...

Tanja warf einen Blick auf Max: Raus aus Allem? Jetzt ging das nicht. Wahrscheinlich würde sie ja auch woanders nicht glücklich. Hier wurde sie wenigstens noch gebraucht.

Sie seufzte, umarmte Max und ging mit ihm zurück in ihr Häuschen.

„Es sind ja nur noch drei Tage, dann fahren wir nach Hause..."

Max war ein wenig getröstet. Tanja war verzweifelt. Sie wusste nicht, wie lange es bei ihr noch war, und sie wusste nicht wohin.

Drei Tage, ach, wenn es wenigstens nur drei Jahre wären..., aber die nächsten zehn bis fünfzehn Jahre, bis Max erwachsen und selbständig war, konnte sie sowieso vergessen. Danach neu anfangen? Sie fühlte sich doch jetzt schon alt und unattraktiv, sie konnte sich kaum vorstellen, dass sie in fünfzehn Jahren noch ohne Rollator zurechtkam...

Sie musste an Hermann Hesses „Stufen" denken. Zur Schulzeit ihr Lieblingsgedicht:

Und jedem Anfang wohnt ein Zauber inne, der uns beschützt und der uns hilft zu leben... - So war das gewesen, in einer Zeit voller Anfänge, voller offener Türen, voller Erwartungen und Enttäuschungen. Und jetzt, wo alles angefangen hatte?

Weiter gehen, lange vorgegebene Wege, nicht schlapp machen, Erwartungen erfüllen, nicht mehr suchen, wissen wo es lang geht, aber den ganzen Weg halt noch gehen müssen, ohne Zauber, nur mit Willenskraft und mit Pflichtgefühl, vollenden was angefangen ist...

-Nennen sie drei Ziele, die Sie im Leben noch haben?
Tanja starrte auf das vertrocknete Gras vor dem Bungalow...
Es irgendwie einigermaßen anständig hinter sich bringen. War das wirklich ein Lebensziel?

- 9 -

Tanja stand hinter dem Sessel und gab ihrem Mann einen Kuss auf den Kopf.
„Ich geh schon mal ins Bett. Ich bin hundemüde und muss morgen wieder früh raus."
„Ist gut. Ich schau das Spiel noch grad zu Ende, okay?"
„Klar. Kein Problem. Gute Nacht schon mal."
„Ja. Dir auch."
Er drehte sich nicht mal um. Der HSV startete gerade jetzt einen verheißungsvollen Angriff, dessen Gelingen nachvollziehbar von Bernhards Aufmerksamkeit abhing.
Tanja war froh. Sie musste mal wieder ganz dringend alleine sein. Gut, das wäre auch in der Küche gegangen, da

hatte sie allerdings nichts zum Drücken und es bestand jederzeit die Gefahr, dass Bernhard ein Bier holte oder Max eine Milch.

Sie war nicht wirklich müde, legte sich aber schon ins Bett, mummelte sich bis zur Nase in die dicke Federdecke ein, nahm dann die Sommerdecke, kunstvoll zur Mannsgröße zusammengefaltet, in die Arme und drückte ihre Nase rein.

„Gute Nacht, Dexter..." murmelte sie in die Decke, die sie anfangs noch *Decke* genannt hatte, dann *Deckster* und schließlich hatte sie aufgegeben und doch *Dexter* gesagt, den sie schon die ganze Zeit gemeint hatte.

Seit fast zwei Jahren ging sie abends oft alleine ins Bett und erzählte ihrer Decke ihr Leben. Er konnte sehr gut zuhören.

Sie streichelte Dexter zärtlich durch die Haare. Auch er war nicht glücklich mit Nicole. Er zog genaugenommen ziemlich über sie her und bereute mal wieder, dass er es damals nicht lieber mit Tanja versucht hatte.

Nicht, dass sie etwas Genaues über Dexter wusste. Nicole war es wahrscheinlich nie wirklich gewesen. Vielleicht hatte er gar keine Frau? Es war ja auch egal. Sie brauchte keine Fakten oder Details für ihre kleine Traumwelt. Aber ihre kleine Traumwelt brauchte sie ganz dringend, um die Details der richtigen Welt zu kompensieren...

Vor zwei Jahren am Neujahrsmorgen hatte sie Dexter feierlich vergeben. Tanja hatte den Silvesterabend zusammen mit ihrem Mann und noch zweihundert weiteren, ihr überwiegend unbekannten, Gästen in einem sehr noblen Hotel gefeiert und sich inmitten vieler fröhlicher Menschen unendlich traurig und einsam gefühlt.

Um Mitternacht waren alle auf das Dach geströmt, um den schönen Ausblick und das Feuerwerk anzuschauen und Tanja hatte in der Zeit eine halbe Stunde auf der Toilette gesessen und vergeblich nach dem Goldklumpen dieses Jahres gesucht. Es gab keinen. Nicht ein kleines Stück. Selbst Goldkörner waren ihr nur nach sehr langem Überlegen eingefallen. Und das waren auch alles Augenblicke, für die sich die Anschaffung eines Tagebuchs nicht wirklich lohnte. Sonnenschein, ein neuer Hut, Genesung von Max.

War Glück denn nur noch, wenn Max nicht krank war und nicht sitzen blieb?

War Glück für sie nur noch das Ausbleiben von Unglück?

Hatte sie nichts mehr zu erwarten?

Das Leben lief so ruhig, so vorhersagbar, so deprimierend problemlos ab. Sie sehnte sich mal wieder nach einer Katastrophe, nach großen Gefühlen. Ach, noch einmal von Dexter in das Gekotzte gestoßen werden!

So war es gar nicht gewesen. Aber so war das Gefühl gewesen, da war noch Gefühl gewesen, da war Hoffnung gewesen, Luftschlösser die noch abstürzen konnten...

Ist das etwas Gutes, wenn man nicht mehr enttäuscht wird, aber halt nur, weil man gar nicht mehr hofft, nicht mehr träumt?

Etwas wirklich Gutes in der Realität erwartete sie ja gar

nicht mehr, aber wenigstens ein Traum musste doch noch möglich sein!

Wie üblich fiel ihr als erstes Dexter ein. Das hatte sie sonst immer geärgert, aber damals hatte sie ihn freudig willkommen geheißen. Je irrealer der Traum, desto unbeschwerter kann man ihn träumen.

Es war in ihrem Kopf eine Szene ähnlich wie in Harry und Sally entstanden. Dexter kam kurz vor Mitternacht zu ihr gerannt und gestand ihr seine große Liebe und dass er sie mit Nicole doch nur eifersüchtig machen wollte.

„*Ich liebe dich!*

Ich habe immer nur dich geliebt!

Ich liebe dich dafür, dass du alle meine Briefe zerrissen hast und mein Bild an der Wand mit deinen neuen Schuhen beschmissen hast.

Ich liebe deine Art zu tanzen, Tanja, und bin fasziniert, wieviel du über die unzähligen Abstufungen von Grau weißt.

Ich liebe dich für die Art, wie du Klavier spielst.

Ich liebe dich, weil..."

Sie hatte etwas von Kopfschmerzen gemurmelt, sich ein Taxi genommen und zuhause alleine (Max war bei Schwiegermutter) in den alten Sachen gewühlt. Sie wusste genau, wo sie die Fotos von Dexter hin versteckt hatte...

Dexter hatte toll ausgesehen damals, beim Abiball.

Er sah auch heute noch toll aus, davon war sie überzeugt.

Sie hatte die Fotos mit ins Bett genommen und dort war ihr dann die Idee mit der Decke gekommen. Seit Jahren hatte sie sich nicht mehr so geborgen gefühlt...

Tanja erzählte Dexter eine Gutenachtgeschichte, damit er besser einschlafen konnte und schlief dabei auch selber ein.

Irgendwann in der Nacht merkte sie, dass Bernhard ins Bett stieg. Er war rücksichtsvoll leise, machte auch kein Licht an. Eine Berührung oder ein Kuss kam nicht von ihm, dafür nach zwei Minuten ein vertrautes Schnarchgeräusch.

Tanja hatte sich nicht bewegt, drückte Dexter noch fester an sich, gab ihm einen Kuss und schlief auch wieder ein.

20 Jahre später:

- Welche drei Dinge würden sie auf eine einsame Insel mitnehmen?

Mein iPod, ein großes Fass Merlot und Strickzeug.

Tanja stand mal wieder in der Küche und schaute in den schwarz-weißen Garten.

Es roch nach frischem Kaffee und selbstgemachten Plätzchen. Bernhard würde gleich von der Boßeltour mit seinem Kegelverein zurück kommen. Er war in den letzten Jahren wieder aktiver geworden. Viel hatte er noch nicht abgenommen, aber er war wieder öfter außer Haus.

Die Tanzschule hatte er allerdings nicht wieder übernehmen wollen.

„Ach nein, Tanja. Das wäre wieder zu viel Stress für mich. Außerdem machst du das doch richtig gut!"

Ja. Das glaubte sie auch und sie bekam es auch oft gesagt, aber zufrieden war sie nicht. Seit sie die Tanzschule führte, kam deutlich weniger Geld rein als vorher. Tanja hatte sich inzwischen auf einen preiswerteren Merlot umgestellt. Wirkliche Probleme hatten sie nicht, aber Tanja konnte auch nicht weniger arbeiten oder öfter Urlaub machen, wie sie es sich wünschte.

Bernhard machte ihr keine Vorwürfe. „Es tanzen halt mehr Frauen als Männer und die gehen eher zu einem gutaussehenden Tanzlehrer, als zu einer Tanzlehrerin, die inzwischen ja auch nicht mehr die Jüngste ist..."

Das war kein Vorwurf gewesen, das war schlimmer!

Das Schlimmste aber war: Sie hatte keine Freude mehr am Tanzen. Es war jetzt ihr Beruf, ihr Broterwerb, nicht mehr ihr Vergnügen, ihre Kraftquelle. Meistens guckte sie nur zu oder tanzte vor und immer sehr schulmäßig, selten mit wirklicher Leidenschaft, nie als Ausdruck ihrer aktuellen Gefühle. Auch nach Feierabend nicht. Sie war einfach zu erschöpft.

Wenn man mit Erschöpfung Geld verdienen könnte, wären wir stinkreich... und überhaupt: Meine Gefühle tanzen? Ha! Was sollte ich tanzen? Müdigkeit, Routine, Resignation? Gegen meine Gefühle ist ja jeder Blues Ausdruck sprudelnder Lebensfreude!

Es ärgerte Tanja, dass ihr bei sprudelnder Lebensfreude spontan wieder Dexter einfiel. Wie realitätsfern konnten Assoziationen denn sein? Jahrelanges hoffnungsloses Anhimmeln, ein völlig verkorkster Abend und seit ein paar Jahren zärtliche Gespräche mit der Bettdecke. Das hörte sich mehr nach wahnhafter Schizophrenie als nach sprudelnder Lebensfreude an.

Tanja starrte aus dem Fenster in den Regen und dann auf die Uhr. Schon achtzehn Uhr?! Wo blieb Bernhard? Aber vor allem: Sie hätte gedacht, es sei gerade kurz nach Vier. Wo war sie bloß so lange in Gedanken gewesen? Manchmal das deutliche Gefühl: Nicht in dieser Welt.

Vielleicht führte sie ja ein Doppelleben, wie der Heiratsschwindler, von dem sie gestern in *Das Goldene Blatt* gelesen hatte, bloß machte sie es, ohne es zu wissen. War sie vielleicht in einem anderen Leben mit Dexter zusammen?

So oft „erwachte" sie aus ihren Gedankenausflügen und hatte ein warmes und dankbares Gefühl in seine Richtung, als hätte er sie gerade irgendwo, in einer Parallelexistenz, sehr glücklich gemacht...

Doch sprudelnde Lebensfreude?

Vielleicht keine irdische Daseinsform, nicht rational, nicht mit Menschensinnen fassbar, nicht erklärbar. Viele große und wichtige Dinge im Leben sind so. Tanzen war früher oft so gewesen, insbesondere wenn jemand wirklich gut führen konnte und die Musik stimmte. Manchmal war das so völlig abgehoben vom normalen Leben. Sinne in ihr wurden berührt, die sie sonst im ganzen Leben nicht kannte oder brauchte...

Wie auch immer. Die Kraft und Ruhe, die sie aus dieser mysteriösen „Beziehung" mit Dexter zog, war so viel kräftiger, realer und tragender als das Meiste aus ihrer Realität.

Ja, man konnte sagen, dass Dexter ihr bester Freund war. Ohne dass Dexter irgendwas davon wusste... Ab und zu das starke Bedürfnis, ihm zu danken. Dann war sie aber doch insgeheim froh, keine Adresse oder Telefonnummer zu haben. Sie hatte zu sehr Angst davor, dass ihm das nichts bedeuten würde, er das ganze lächerlich finden würde.

Das war schon damals in der Schule der Grund gewesen, weswegen sie ihn nie angesprochen hatte, nie ein Date gemacht hatte... Nicht mal Furcht vor der Abfuhr an sich, aber große Angst, dass sie hinterher nicht mehr so wunderbar träumen konnte, einen diffusen, irrealen aber wunderbaren Traum... Der Traum, dass sie ihm etwas bedeutete.

Mir bedeutet er Alles, dachte Tanja, wissend, dass das kein Satz war, der stimmte, aber einer der ganz wenigen ihr bekannten Sätze, der sich richtig anfühlte, richtig, warm und voller tragender Sehnsucht und Hoffnung...

Dann wünschte sie ihm aus der Ferne alles Gute, drückte ihn im Gedanken, oft sehr lange und innig und hoffte, dass er gesund und wohlauf sei. Dass er glücklich verheiratet sei, hoffte sie nicht. Sie wusste, das war gemein, aber jedes Mal wenn sie in ihrer Phantasie eine Frau und womöglich Kinder an seiner Seite sah, wurde sie furchtbar eifersüchtig.

Behalt das, wenn es so ist, bitte für dich Dexter! Ich erzähl ja auch nur selten von Bernhard und wenn dann nicht von glücklich.

Auch von dem Hauch von Affäre, der momentan über ihrem Leben hing, erzählte sie ihrer Decke nichts...

Das Telefon klingelte, Tanja schaute auf das Display, die Nummer kam ihr bekannt vor... War das?

Sie hob mit leicht verstärktem Herzklopfen ab.

„Hallo Schatz, Bernhard hier. Ich komme heute später. Wir sind noch spontan zu Rainer gefahren, der hat Geburtstag und uns eingeladen."

„Aber... ich habe Plätzchen gemacht."

„Nicht so schlimm. Hier gibt es auch reichlich zu Essen und Trinken. Wartet also nicht auf mich mit den Keksen. Könnte etwas später werden. Rainer meinte, ich könnte auch hier schlafen. Also: Wartet nicht auf mich."

Frustriert legte Tanja auf. Die Kekse würde sie alleine aufessen, das war nicht das Problem, aber sie hatte wirklich gedacht, dass Tim vielleicht doch noch anrufen würde...

Tim war seit drei Jahren bei ihr in der Tanzschule, er war gut zehn Jahre jünger als sie, führte sehr gut und hatte offensichtlich ein Auge auf Tanja geworfen. Sie hatten schon mehrere Male ein paar Zusatztänze hingelegt, wenn alle anderen schon gegangen waren. Das hatte endlich wieder richtig Spaß gemacht und mit dieser Andeutung einer Affäre war es das mit Abstand Aufregendste in ihrem realen Leben.

Nicht, dass bisher wirklich etwas Körperliches passiert war, was den Begriff Affäre einigermaßen rechtfertigen würde. So souverän er beim Tanzen war, so schüchtern war er im restlichen Leben, aber immerhin, beim Tanzen hatte er sie doch oft etwas enger gefasst als nötig und ein paar seiner Blicke...

Und dann halt letzte Woche:

„Tschau Tim, bis Montag!"

„Tanja, magst du die Woche bei mir zum Grillen vorbei kommen? Ich will meinen Geburtstag nachfeiern. Es ist auch Platz zum Tanzen da. Hättest du Lust?"

Tim sah sie liebenswert schüchtern an, voll banger Erwartung, als habe er gerade einen Heiratsantrag gemacht.

„Klar, gerne, wann?"

Tanja überlegte vergeblich, wann sie zuletzt von einem Mann zu irgendetwas eingeladen worden war.

„Ich weiß noch nicht genau. Wegen des Wetters wollte ich das eher spontan machen. Wenn du mir deine Telefonnummer gibst, ruf ich dich einfach an, wenn der Termin steht, okay?"

So interessiert hatte Tanja noch nie die Vorhersagen verfolgt. Leider war das Wetter anfangs sehr wechselhaft, seit Mittwoch hatte es nur noch geregnet und jetzt war die Woche um...

Tanja setzte sich mit einer neuen Flasche Merlot ins Wohnzimmer. Sie hatte schon Max ins Bett geschickt und ihre Hälfte der Kekse aufgegessen, als das Telefon wieder klingelte.

„Tanja."

„Hallo Tanja, Tim hier."

Ja!

„Hallo Tim. Blöde Wetterlage was?"

„Das kann man wohl sagen. Wollte mich auch nur melden, damit du nicht glaubst, wir hätten schon ohne dich gefeiert. Ich habe zwar ein paar Grillsachen geholt, aber ich fürchte, bevor hier gutes Wetter kommt, sind die schlecht. Ich weiß nicht, vielleicht geb ich den Geburtstag dieses Jahr auch ganz auf und lad dich im Dezember zu einer Weihnachtsfeier mit Glühwein und Tanz ein..."

„Ja, mach das. Dann muss ich dein Geschenk halt in Weihnachtspapier umpacken."

„Du hast ein Geschenk für mich geholt? Cool. Wäre aber nicht nötig gewesen. Ich hätte mich auch gefreut, wenn du einfach so vorbeigekommen wärst... Hm, aber jetzt bis Weihnachten nicht wissen, was drinnen ist, das wird ganz schön hart."

Es war einen Moment sehr still in der Leitung. Beide dachten wahrscheinlich gerade das Gleiche, aber keiner wusste so recht, ob und wie er es sagen sollte. Tanja gab sich einen Ruck.

„Ich hab einen Tischgrill. Ich könnte ja vorbei kommen, du bekommst dein Geschenk und wir grillen und tanzen drinnen. Bei den Temperaturen könnte ich auch jetzt schon einen Glühwein vertragen..."

„Da hättest du wirklich Lust zu? Das hört sich noch besser an als draußen Grillen. Wann kommst du?"

Warum hatte Bernhard nicht definitiv gesagt, dass er über Nacht weg bliebe? Sie wäre sofort gefahren. Sie fühlte sich auf einmal sehr lebendig.

„Die nächsten Tage bin ich in Bonn. Wie wäre es am Freitag?"

„Passt gut. Dann kann ich noch ein bisschen aufräumen und versuchen, im Juni irgendwo Glühwein aufzutreiben. Hast du meine Adresse?"

„Ja, in der Kartei. Ich weiß bloß noch nicht genau, wann ich da sein werde, muss das noch mit Bernhard besprechen."

Wieder war es still in der Leitung.

„Kommt Bernhard auch mit?", fragte eine deutlich euphoriegebremste Stimme.

Bloß das nicht!, dachte Tanja und sagte lachend: „Nein. Aber er und das Kind müssen ja versorgt sein. Kann also sein, dass ich erst nach neunzehn Uhr ankomme, aber dann feiern wir beide hoffentlich ganz allein..."

Tanja konnte es kaum glauben, was sie da sagte und mit welcher, ihr bis dahin völlig unbekannten, verführerischen Stimme. Sie hatte das Gefühl, dass ihr soeben zwei kleine Hörner durch die Schädeldecke gesprossen waren.

„Wunderbar! Mach dir bloß keinen Stress, ich warte zur Not den ganzen Abend auf dich. Du darfst kommen wann du willst!"

Ich bin schon lange nicht mehr gekommen..., dachte Tanja.

„Ich werde so früh da sein, wie es nur geht. Ich freu mich schon sehr auf uns. Übrigens musst du wegen mir nicht wirklich Glühwein holen und schon gar nicht aufräumen. Ich trinke sehr gern Merlot und Hauptsache du hast gute Musik."

„Naja, aber ein bisschen Platz zum Tanzen sollte ich schon frei machen."

„Ach, je weniger Platz, desto enger kann man tanzen..."

Die Hörner wurden deutlich länger und die Klauen brachen durch die Strümpfe... Hoffentlich hatte sie es jetzt nicht übertrieben. Sie hatte wohl doch schon etwas viel Merlot getrunken...

„Wow. Also ich brauch keinen Glühwein mehr. Mir ist jetzt schon überall ganz warm. Bist du dir sicher, dass du nicht heute Abend kommen möchtest?"

„Oh doch, sehr gerne würde ich kommen..., zu dir kommen. Aber heute können wir nur im Gedanken zusammen tanzen. Hast du die CD, die ich dir gebrannt habe, gerade da?"

„Ja klar, die hör ich sehr viel."

„Gut, ich hab die auch hier. Pass auf, wir hören gleich die Lieder 7, 11 und 13 und halten uns dabei in Gedanken fest und tanzen."

„Wunderbar. Darf ich bitten, junge Frau?"

„Sehr gerne, junger Mann, aber zum Blues müssen wir nicht so förmlich sein."

„Kann ich also meinen Schlips ausziehen?"

„Ich bitte darum. Ich habe schließlich auch nur noch ein dünnes Nachthemd an."

„Oha, jetzt ist mir überall ganz heiß. Wirklich sehr dünn?"

„Ja... und sehr kurz."

„Dann will ich mich mal anpassen. Moment... So! Nur ein Hemd, sonst nichts?"

„Sonst nichts. Und das Hemd ist sehr, sehr kurz."

„Okay. Ich habe auch nur noch ein Hemd an. Das ist allerdings etwas länger und unten so komisch ausgebeult."

„Das ist für einen Blues denk ich eine durchaus akzeptable Bekleidung. Und jetzt lass ich mich von dir führen. Wo sind wir gerade bei dir?"

„Im Wohnzimmer. Ich schlage vor, bei Lied 7 tanzen wir noch mit einem Glas Wein in der Hand im Wohnzimmer, bei 11 langsam durch den Flur Richtung Schlafzimmer..."

„...und bei 13 ziehen wir auch noch die Hemden aus und danach lassen wir unseren Gedanken freien Lauf..."

„...und unseren Händen..."

„...und deiner Ausbeulung..."

„Ich freu mich wahnsinnig auf dich!"

„Ich freu mich auch auf uns! Jetzt schlaf gut und träum was Aufregendes!"

Tanja saß noch lange neben dem Telefon, hörte die Lieder und träumte von Freitag.

Ihr ziemlich langes und dickes Nachthemd hatte sie weit nach oben gezogen, das Höschen beiseitegeschoben. Sie konnte sich aber nicht recht entspannen, weil sie dauernd damit rechnete, dass Bernhard doch noch nach Hause kam...

Sie trank noch etwas Merlot, spielte hier und da an sich rum und als Mitternacht vorbei war und Bernhard tatsächlich nicht nach Hause kam, ging Tanja ins Bett und das erste Mal im Leben hatte sie wirklich große Freude an ihrem Vibrator.

- 11 -

Bernhard tauchte am nächsten Tag gegen Mittag auf und merkte nichts. Tanja hatte das Gefühl, dass sie leuchtete, dass sie viel lebendiger als sonst aussehen musste, dass die Hörner auf dem Kopf zu sehen seien müssten, aber Bernhard drückte sie nur einmal kurz und fragte dann, was es zu Essen gäbe.

Wie viel deutlicher und wärmer hatte sie gestern Tims imaginäre Umarmungen gespürt. Tanja machte Lasagne warm, das ging von Bernhards Lieblingsspeisen am schnellsten. Beim Essen war er wie üblich nicht sehr gesprächig. Tanja kam das diesmal sehr recht. Je weniger sie ihn sah und hörte umso besser. Bei seinem Anblick war die heiße Vorfreude einer heißen Scham gewichen. Wollte sie das wirklich durchziehen? Oh ja, sie spürte überall, dass sie das wollte, ersehnte, begehrte, aber konnte sie das? Konnte sie das Bernhard wirklich antun? Merken würde er es wohl kaum. Würde es überhaupt etwas verändern? Aber was, wenn es vielleicht so gut war, dass es nicht bei einem Mal blieb?

Tanja war froh, dass sie Bernhard die nächsten Tage nicht sehen musste. Sie saß im Zug nach Bonn. Morgen wurde ihre Mutter beerdigt und sie würde nach langer Zeit mal wieder im alten Haus übernachten. Es war zwar früher Nachmittag, aber Tanja trank schon ein kleines Glas Merlot und versuchte das schwebende und heiße Gefühl von gestern Abend wieder zu finden. Es gelang nicht.

Tanja entschuldigte das mit der Beerdigung ihrer Mutter, obwohl sie genau wusste, dass die ihr nicht die Stimmung verdarb. Als sie die Nachricht von dem Tod vor fünf Tagen erhalten hatte, war sie erschrocken gewesen, nicht über den Tod ihrer Mutter, sondern über das völlige Ausbleiben von Gefühlen. Ihre Beziehung war schon vor langer Zeit gestorben. Ihr Stiefvater hatte Tanja immer schlecht gemacht und irgendwann war ihre Mutter dem nicht mehr entgegengetreten, auch nicht mehr heimlich, sondern hatte ebenfalls nur noch Schlechtes an Tanja gesehen. Frust von außen war wirklich nicht das gewesen, was Tanja noch hatte gebrauchen können.

Das einzige Gefühl: Kurzzeitig Angst, dass sie sich jetzt womöglich von ihrer Mutter beobachtet vorkommen würde.

Als Kind war Tanja beigebracht worden, dass sie immer artig sein müsse, weil ihr Vater aus dem Himmel auf sie schauen würde und traurig sei, wenn sie böse wäre und zum Beispiel ihr Zimmer nicht aufräumte...

Anfangs hatte sie ihn und diesen ungeheuren Druck deutlich gespürt. In der Pubertät hatte sich dann ihr Glaube verflüchtigt und damit zum Glück auch der Druck aus den Wolken. Ihr einziger Glaube war, dass ihr Vater irgendwo war, wo er glücklich war, aber ganz weit weg, ohne jegliches Interesse an dieser blöden Erde hier...

Die Erde war immer noch blöd, ihr Vater sicherlich immer noch glücklich, zumindest falls Mutter ihn noch nicht gefunden hatte, deren Bestimmung in den letzten Jahren darin bestanden hatte, anderen, die glücklicher als sie waren, und das waren fast alle, dieses Glück zu verderben.

Tanja nahm sich zum wiederholten Mal vor, die bösen Gedanken für die nächsten drei Tage zu unterdrücken und am Grab so etwas ähnliches wie Trauer hinzubekommen. Sie hatte das zuhause vor dem Spiegel geübt.

Es gab übrigens doch eine Person, die sie vom Himmel aus beobachtete:

(Auch das etwas, was sie noch nie jemandem erzählt hatte, außer ihrer Decke.)

Seitdem Audrey Hepburn 1993 verstorben war, hatte Tanja oft das deutliche Gefühl, dass Audrey Tanjas Outfit kontrollierte und, nach genauer Prüfung der gesamten Welt, beschlossen hatte, ihr, Tanja Bauer, den Auftrag zu geben, von nun an, statt ihrer, im Bereich der Hutmode ein Trendsetter zu sein.

Dieser Gedanke war zwar angenehm, aber auch ihn versuchte sie jedes Mal schnell zu unterdrücken. Irgendwie hatte sie Angst, dass sie jemand beim Denken erwischen könnte... Sie glaubte daran, ach was, sie wusste es, aber es wäre ihr peinlich gewesen, wenn jemand davon erfahren hätte...

Der Gottesdienst vor der Beerdigung nichtssagend wie so oft. Selbst bei dieser Gelegenheit, wo es doch einen sehr konkreten Bezug zur Wirklichkeit gab. Viele Trauernde um sie herum versuchten vergeblich, ein Schluchzen zu unterdrücken. Tanja schaffte es mühsam ihr Gähnen zu verbergen.

Als der Pastor von großem Verlust sprach, musste Tanja an Donja denken, die voriges Jahr in ihrem Arm ihre letzten Atemzüge gemacht hatte, und endlich konnte auch sie weinen. Danach hatte sie dann doch noch ein angemessen verschmiertes Make-up...

Tanja war froh, aus der stickigen Kapelle rauszukommen. Zusammen mit ihrer Schwester, ihrem Schwager und ihrem Stiefvater begleitete sie den Sarg zur Grabstätte. Sie hatte gedacht, sie müssten den Sarg tragen - das hatte sie oft in Filmen gesehen - aber sie hielten nur die vier Stangen am Wagen, auf dem der Sarg gefahren wurde.

Das allgemeine Schluchzen um sie hatte weiter zugenommen und Tanja überlegte gerade, an welche Dramen sie denken könnte, damit sie vielleicht noch mal eine Träne rausdrücken könnte, da fiel ihr Blick auf das Kreuz auf einem frisch aufgeworfenen Grab direkt neben dem Weg...

Sie war schon zwei Schritte weiter gegangen, als ihr Gehirn endlich wirklich registrierte, welcher Name da auf dem Kreuz gestanden hatte...

Nein!!!

Tanja brach schluchzend zusammen. Ihre Schwester und der Pastor eilten herbei. Niemand wunderte sich oder schaute zu dem Grab neben ihnen. Tanja wurde von ihrer Schwester gehalten, bis sich der Heulkrampf langsam etwas legte. Nicht, weil Schock oder Trauer nachgelassen hätten, sie hatte einfach keine Kraft mehr...

Die wenigen Schritte bis zum zukünftigen Grab ihrer Mutter stützte sie der Pastor. Ihr Schwager brachte ihr einen Stuhl. Ob sich irgendwer in dieser schluchzenden Gesellschaft dermaßen verlassen vorkam wie Tanja?

Als Tanja nach den diversen Ansprachen, von denen sie exakt null Worte mitbekommen hatte, Erde und Blumen in das Grab fallen ließ, warf sie diese im Gedanken in Dexters Grab...

Sie war also nicht nur ihrem Mann in ihrer Phantasie mit Dexter fremdgegangen, sondern jetzt auch noch ihrer Mutter bei deren Beerdigung... Ihrem sowieso schon völligen Gefühlschaos aus Schmerz und Verzweiflung tat diese Erkenntnis nicht gerade Milderung an.

Auf dem Rückweg warf sie noch einmal einen verstohlenen Seitenblick zu Dexters Grab, konnte jedoch durch den Tränenschleier nichts Genaues erkennen.

Niemand wunderte sich, dass sie beim Leichenschmaus nichts essen konnte.

Ihr erster Versuch, die Gesellschaft unauffällig zu verlassen misslang und ihr Schwager kam mit raus, um sie bei Bedarf zu stützen. Nette belanglose Unterhaltung auf einer Bank und dann wieder rein zu all den bekannten Fremden.

Als auch der zweite Versuch im Ansatz scheiterte, beschloss Tanja, durch das Toilettenfenster zu klettern.

Endlich war sie alleine draußen und konnte zu dem Abschied gehen, der ihr wirklich am Herzen lag, auch wenn ziemlich sicher war, dass sie dort wieder zusammenbrechen würde. Von ihr aus gleich für immer. Vielleicht dürfte sie dann mit in sein Grab?

Tanja war vor Dexters Grab angekommen und wagte kaum hinzuschauen. Sie setzte sich ins Gras und begann zu beten, intensiv wie lange nicht mehr, allerdings nur am Anfang zu Gott, dann wurde es doch eher ein Gespräch mit Dexter, den sie irgendwo da oben wähnte...

Ach Dex, es tut mir so unendlich leid, dass ich all deine Briefe nicht geöffnet habe. Ich..., ich hab es dir nie gesagt, aber..., aber...

Musste sie denn selbst jetzt, wo er tot war, noch rumstottern? Vielleicht, weil sie das erste Mal sicher war, dass er ihr zuhörte, dass er Zeit für sie hatte?

Dexter. Ich liebe dich. Ich habe dich schon immer geliebt. Du...

...

Ob sie wieder in Ohnmacht gefallen oder einfach eingeschlafen war, wusste Tanja nicht mehr, als ihre Schwester an ihr rüttelte:

„Mensch, Tanja! Hast du uns erschreckt! Wieso bist du alleine gegangen? Ich wäre doch mitgekommen... und was machst du hier?"

Tanja hatte kein wirklich großes Bedürfnis, wieder unter den Lebenden zu weilen, aber es nützte ja nichts. Sie machte die Augen auf.

„Ich wollte noch mal nach Mutter schauen und da habe ich gesehen, dass auch ein alter Schulkamerad von mir gerade gestorben ist. Das war wohl etwas zu viel für mich..."

„Dexter Flemming hier?"

„Ja."

„Mein Gott, wie oft ist der denn sitzen geblieben, wenn ihr Schulkameraden wart?"

„Was?"

„Naja, der war sechsundzwanzig Jahre älter als du."

„Was?!?"

Tanja schaute das erste Mal genau auf das Kreuz:

Dexter Flemming
*13.7.1942
+ 13.5.2007

Diesmal fiel sie definitiv in Ohnmacht.

Ihr Schwager war Arzt; sein Therapievorschlag von zwei Apfelschnaps fand die volle Zustimmung der Patientin.

Am liebsten wäre Tanja natürlich sofort wieder zum Grab von Dexters Vater gegangen und hätte sich da hingesetzt und gewartet, ob Dexter vielleicht kam, aber Tanjas Familie ließ sie den ganzen Tag nicht mehr aus den Augen, bis sie abends im Bett lag.

Tanja schlief sehr unruhig und hatte wilde und skurrile Träume. Sie wachte schweißgebadet auf.

Nein!!! So etwas KONNTE sie nicht geträumt haben!!!

Wilder Sex mit Dexter und Tim gleichzeitig auf Bernhards Grab? Ausgeschlossen! Nein!!! Und wer je etwas Anderes behaupten würde, wenn jemals ein Schriftsteller so etwas über sie schreiben würde, der würde verklagt!

- 12 -

Nächster Abend:

Das *Café Durchblick* hatte sich in den letzten fünfundzwanzig Jahren kaum verändert, außer dass es jetzt schwarz-weiß war.

Besonders lustig fand Tanja, dass von den drei Kabinen in der Damentoilette immer noch die gleiche abgesperrt war. Oder vielleicht wieder? Nein, immer noch, das war jedenfalls der gleiche Zettel mit der Aufschrift „*defekt*". So ein Edding hält schon wirklich lang...

Janet hingegen, die nun auch im Café ankam, hatte sich verändert. Statt langer blonder Haare jetzt kurze dunkle, wahrscheinlich schwarze. Tanja hatte schon immer schwarze Haare, früher waren sie allerdings von alleine schwarz gewesen.

Janet drückte Tanja kräftig und betrachtete sie dann kurz von oben bis unten:

„Mensch Tanja, wie lange haben wir uns nicht gesehen! Gut siehst du aus, jedenfalls für dein biblisches Alter... Ein sehr gelungenes Dunkelgrau. Meins ist aber auch nicht schlecht, oder? Damit ich nicht ganz ohne blonde Haare rumlaufe, habe ich extra welche mitgebracht."

Janet deutete auf die Frau mit den hellen Haaren neben sich, ungefähr in Tanjas Alter.

„Hallo, ich bin Petra. Ich hoffe, es stört dich nicht, dass Janet mich mitgebracht hat. Ich bin auch eine verzogene Bonnerin, die mal wieder zuhause vorbeischaut und wohne momentan bei Janet."

„Hi, ich bin Tanja. Natürlich störst du nicht."

Die beiden umarmten sich kurz und alle drei setzten sich, Janet neben Tanja, Petra den beiden gegenüber.

„Tanja, wir haben dich vermisst auf der Abifeier. Es war echt was los. Am Ende kam sogar die Polizei mit zwei Wagen vorbei, um die Feier aufzulösen. Wusstest du, dass die nicht hauptsächlich daran interessiert sind, wie schön man singt? Die achten nur auf die Lautstärke. Ich finde das sind völlig falsche Prioritäten."

„Naja, es waren doch wohl auch die Texte", ergänzte Petra.

„Also um die Uhrzeit sollten keine Kinder mehr unterwegs sein, dann kann man doch wohl auch mal über Bienchen und Blümchen singen... Nein, im Ernst, Tanja. Schade, dass du nicht da warst! Es war fast wie früher. Die pubertären Jungs von damals jetzt mit Anzug und Schlips und mitten in der Midlife-Crisis... Das Verhalten hat sich kein bisschen verändert und sieht immer noch albern aus. Damals weil sie schlaksig und pickelig waren und jetzt wegen der grauen Haare und Bierbäuche... Warum bist du eigentlich nicht gekommen?"

Tanja war wieder nicht hingefahren, nachdem sie gehört hatte, dass immer noch keiner wusste, wo Dexter abgeblieben war und er deswegen auch keine Einladung bekommen hatte.

„Tja, viel Stress in der Tanzschule und um Mann und Kind muss ich mich ja auch kümmern."

„Immer noch die gleiche schlechte Lügnerin! Susanne hat mir doch erzählt, dass du dich nach Dexter erkundigt hast. Es weiß einfach keiner, wo er geblieben ist."

„Selbst ich habe keine Ahnung, wo er ist", ergänzte Petra zu Tanjas Verblüffung.

„Du kanntest Dexter?"

„Ja, er wohnte in der Doppelhaushälfte neben uns. Wir haben schon im Sandkasten zusammen gespielt, waren zusammen im Kindergarten und in der Grundschule, aber ich bin dann ja nur zur Realschule gegangen... Hat er nie von mir erzählt?"

„Nein. Sorry. Also, so viel habe ich ja nicht mit ihm geredet, außer über die Schule."

„Ach so. Er hat mir nämlich viel von dir erzählt."

Tanja war froh, dass sie schon saß. Zum Stehen wären ihre Beine jetzt deutlich zu schwach gewesen. Warum erzählte Petra nicht weiter? Stattdessen erzählte Janet schon wieder irgendwas von der Feier, wen interessierte das denn?!? Wie konnte Tanja das Gespräch wieder auf die richtige, die wichtige Bahn lenken? Ihr fiel keine unauffällige Frage ein, also direkt:

„Was hat Dexter denn von mir erzählt?"

„Am häufigsten hat er vom Duft deiner Haare geschwärmt... Hast du früher *Planschi* benutzt?"

„Jaaa..." Tanja kniff sich unauffällig unter dem Tisch.

„Dann hatte er wirklich Recht. Er ist damals durch diverse Geschäfte gepilgert und hat an den Shampoos geschnuppert, um rauszukriegen, wonach du riechst. Und dann hat er sein Kuscheltier damit gebadet. Er war echt mächtig verschossen in dich!"

„Wir sprechen jetzt aber auch beide wirklich von Dexter Flemming aus der Berliner Straße?"

„Jo."

„Wieso hat er denn nie was gesagt?"

„Tja, er war ja nun ein eher schüchternes Gewächs und glaubte bei dir nicht wirklich an eine Chance... Ich denke, er hatte einfach Angst davor, sich eine Abfuhr zu holen und dass sein größter Traum dann zerstört sei... Du warst ja wohl auch fast die ganze Zeit besetzt?"

Das stimmte zwar, aber das war doch kein Grund!

„Schüchtern? Dexter war doch nicht schüchtern! Er war dauernd der Mittelpunkt und von Mädchen umschwärmt."

„Ja, aber angenehm war ihm das nicht."

„Und dann war er ja auch mit Nicole zusammen."

„Nein. Er war nie mit Nicole zusammen. Eigentlich hatte er nie wirklich eine feste Freundin in der Schulzeit. Er war echt sauer auf Nicole, als er dahinter kam, dass sie behauptet hatte, dass sie zusammen seien. Eigentlich war er die meiste Zeit ziemlich einsam."

Irgendetwas stimmte hier nicht. Das war nicht der Dexter, den Tanja kannte... Oder vielleicht doch? Schon oft, wenn sie zuletzt an den Abiball gedacht hatte, stand ihr eine Szene sehr deutlich vor Augen, der sie früher keine Beachtung geschenkt hatte:

Dexter an der Theke, der Getränke holte, schüchtern, andere drängelten sich vor und er sagte nichts, blieb ruhig, lächelte nur versonnen, schien zu träumen, vielleicht aber auch ein Überspielen seiner Unsicherheit? Bis eben hatte sie diese Erinnerung für eine Täuschung gehalten. Es hatte nicht in ihr Bild von ihm gepasst: Er war sowas von selbstbewusst gewesen. Er musste selbstbewusst gewesen sein! Es war ihm doch gar nichts anderes übrig geblieben! Er war wahnsinnig gutaussehend und Klassenbester gewesen, hatte den zweibesten Abidurchschnitt, war dauernd Klassen-, Kurs- und zum Schluss sogar Schulsprecher gewesen, Chefredakteur der Schülerzeitung...

Ach, was solls? Was geht es mich jetzt noch an? Was ging es mich jemals an?

„Und du weißt wirklich nicht, wo er geblieben ist?"

„Nein. Das letzte Mal, dass ich ihn gesehen habe, war kurz vor dem Abiball. Danach ist er sehr schnell weggezogen und ich ein Jahr später ja auch."

„Und er hat nichts angedeutet wohin?"

„Nein. Übrigens hat er auch beim letzten Treffen über dich erzählt. Er hatte eigentlich den Eröffnungstanz beim Abiball mit dir..."

Janet brach plötzlich neben ihr in schallendes Gelächter aus und endlich begriff Tanja: Die beiden hatten sie die ganze Zeit verarscht, womöglich war sogar irgendwo eine versteckte Kamera...

Wäre die Welt vorher noch bunt gewesen, wäre sie jetzt in schwarz-weiß gekippt. Alles grau, außer Tanjas knallrotem Gesicht.

Wie hatte sie darauf reinfallen können? Sie wusste doch, wer er gewesen war, wer sie gewesen war... Wie hatte sie glauben können?

„Hört euch den an!" Janet las aus der Zeitung den *Witz des Tages* vor und tatsächlich, der war gut, vielleicht hatte sie wirklich deswegen gelacht, ihr Gesicht hatte Tanja die ganze Zeit nicht gesehen. Jedenfalls traute sie sich nicht mehr, das Thema Dexter anzuschneiden. Bald schon sprachen sie über Schuhe, Hüte und die neue CD von Timberlake. Ein angeregtes Gespräch, auch Tanja sprach und fragte viel.

Das Einzige, was sie wirklich fragen wollte, fragte sie nicht...

- 13 -

„Tim Melzahn."

„Hallo Tim, hier ist Tanja."

„Tanja! Wie geht es dir? Wie war es in Bonn?"

„Ja weißt du, Tim, eigentlich geht es mir nicht so gut und ich wollte für heute Abend absagen."

„Och nö, das kannst du mir nicht antun! Weißt du, wie lange ich gesucht habe, bis ich den Glühwein gefunden habe? Die Wohnung habe ich auch aufgeräumt, und ich freue mich seit Tagen wie bekloppt auf dich. Was hast du denn? Glühwein ist gut gegen Erkältung..."

„Die Tage waren sehr anstrengend und..."

Tanja hatte es eigentlich nicht sagen wollen, sie kam sich schlecht vor, das auszunutzen.

„Ich war in Bonn zur Beerdigung meiner Mutter."

„Oh, verdammt! Tanja, das habe ich nicht gewusst. Ganz herzliches Beileid! Es tut mir wirklich leid. Entschuldige, natürlich kann ich verstehen, dass du jetzt absagst. Kannst du denn überhaupt nächste Woche wieder arbeiten? Wenn ich dich vertreten soll, sag mir Bescheid!"

Er seufzte hörbar.

„Vielleicht können wir es ja irgendwann mal nachholen..., aber ich kann gut verstehen, wenn du die nächste Zeit nicht in Stimmung bist. Melde dich einfach, wenn du Lust dazu hast, mit jemandem zu reden. Vielleicht ist dann ja auch passenderes Wetter für Glühwein..."

Mit jemandem reden... Jemanden mit wirklichem Interesse, mit Einfühlungsvermögen.

Ja, eigentlich konnte Tanja das gerade sehr gut gebrauchen und Glühwein wahrscheinlich auch. Zuhause würde sie Merlot trinken, Bernhard würde RTL gucken und würde, wenn sie reden wollte, den Ton etwas leiser machen, höflich zuhören und immer wieder einen Seitenblick zum Bildschirm werfen. Sie würde das, was sie bewegte, sowieso erst später ihrer Decke erzählen können...

„Tim?"

„Ja?"

„Kann ich vielleicht einfach so bei dir vorbeikommen? Zum Reden, und ich glaub ein warmes Getränk täte mir jetzt auch gut."

„Na klar! Sehr gerne!"

Tims Umarmung war wohltuend. Sie waren beide sehr unsicher, wie man sich in so einer Situation zu verhalten hatte. Nach zwei Tassen Glühwein und etwas Erzählung von Tanja ging es besser und als Tim Musik auflegte und sie anfingen zu tanzen, wurden beide lockerer.

Tanja merkte sehr deutlich, dass sie zu viel trank, aber da ihr gerade der Grund entfallen war, warum das schlecht sein sollte, trank sie weiter.

Sie tanzten und Tanja konnte sich endlich mal wieder im Tanz verlieren, und dabei in Gedanken ganz weit weg schweben.

Tim dagegen war noch sehr im Hier und Jetzt. Erst tanzte er immer enger und irgendwann umarmte und küsste er sie.

Tanja spürte Lust und gleichzeitig Scham. Sie hatte sowas befürchtet, aber eigentlich völlig anders. Seltsame Situation:

Sie betrog ihren Ehemann mit Tim und betrog gleichzeitig Tim, weil sie eigentlich die ganze Zeit an Dexter dachte...

Tanja beschloss, sich das Zerdenken für später aufzuheben und jetzt doch endlich einmal im Leben den Augenblick zu genießen..., doch als Tim beim Küssen auf einmal ihr Gesicht in seine Hände nahm, zerbrach das Gefühlsgebäude:

Jetzt betrog sie Dexter! Den Einzigen, dem ihr Herz wirklich gehörte. Sie wich zurück.

„Es tut mir leid Tim. Ich weiß, es ist gemein von mir. Aber ich kann das nicht. Nicht heute. Vielleicht nie. Es tut mir leid."

Tim ließ sie sofort los.

„Entschuldige! Kein Problem, klar. Ich kann das verstehen. Deine Mutter. Entschuldige. Ich wollte nicht..."

„Ach, Tim. Du brauchst dich nicht zu entschuldigen. Du warst und bist furchtbar lieb, aber ich kann momentan einfach nicht. Halt mich noch einen Moment fest, ja? Und dann fahr ich nach Hause..."

25 Jahre später:

Welche drei Dinge würden sie auf eine einsame Insel mitnehmen?
Klavier, Strickzeug und mein iPod.

Tanja hatte die Arbeit nun doch endlich etwas reduzieren können. Tim hatte bei zwei Kursen die Leitung übernommen. Sein Angebot, auch gleich noch die Buchhaltung zu übernehmen, hatte Bernhard allerdings vehement zurückgewiesen:

„Ihr könnt mich doch nicht ganz aussortieren!"

Sehr verändert hatte sich Tanjas und Bernhards Leben dadurch nicht. Sie hatten, naja hauptsächlich Tanja hatte länger überlegt und mehrere Vorschläge gemacht, aber wirklich gemeinsame Interessen hatten sie nicht gefunden. Sie sahen sich nun zwar häufiger, machten aber nicht mehr zusammen als vorher.

Tanja stellte erstaunt fest, dass sie darüber nicht wirklich enttäuscht war. Nein. Irgendwie waren beide zufrieden mit ihrem Leben. Es war alles gut eingespielt.

Als Tanja neulich im Wartezimmer, weil gerade keine Frauenzeitschrift da war, das Jahrbuch der *Stiftung Warentest* durchgelesen hatte, hatte sie deren Fragebögen auf sich angewandt, ein bisschen umgemodelt und eine *Stiftung Ehemanntest* gegründet. Bernhard hatte erstaunlich gut abgeschnitten, wäre sogar beinah Testsieger geworden.

Natürlich war er nicht in allen Testbereichen gut gewesen (nur in Tanzen), aber doch immerhin befriedigend (Manieren, Körperhygiene) bis ausreichend (handwerkliches Geschick, Sex).

Er schlug sie nicht, kam selten zu spät, war nicht verliebt in sein Auto, schrie sie nicht an, ging nicht fremd, war kein Workaholic. Alles Gründe, die bei anderen ihr bekannten Ehemännern zur Abwertung geführt hatten.

Genaugenommen waren die positiven Eigenschaften Bernhards hauptsächlich Verneinung von negativen Eigenschaften. Er kam tatsächlich in die Spalte mit den Empfehlungen, mangels guter Alternativen.

Der Testsieger: Tim war inzwischen verheiratet und stolzer Vater eines Mädchens. Tanja gab ihm ab und zu ein paar Tipps zu Babynahrung und nächtlichen Beruhigungsritualen, sonst war ihre Beziehung rein geschäftlich.

Wenn sie Wärme brauchte, ging Tanja in die Sauna, wenn es unbedingt körperliche Wärme sein musste - das Bedürfnis wurde allerdings immer seltener - durfte sie sich bei ihrem Mann ankuscheln. Wenn sie ihn bat, nahm er sie auch in den Arm. Geborgen fühlte sie sich da allerdings nicht.

Geborgen, verstanden, wirklich tief innen gewärmt fühlte sie sich nur bei ihrer „akustischen Affäre" - Gary Jules Stimme bei „Mad World". Sein Gesang schien sie von innen zu umarmen. Der Text war ihr Leben. Gary Jules Stimme immer kurz davor zu brechen, Tanjas brach wirklich, wenn sie mitsang.

Nicht nur die Stimme, auch der Staudamm für ihre Tränen war deutlich instabiler geworden in den letzten Jahren. Es war nicht das Einzige, was die Hormon-Neumischung in ihr anrichtete, aber für Tanja das Lästigste. Nach einer einsamen Nacht mit nassem Laken beschloss sie, sich eine Inkontinenzunterlage zu kaufen. Ihre Blase funktionierte eigentlich sehr gut. Wenn nur der Rest ihres Lebens so gut funktionieren würde wie die Blase!

Sowas wie mit Tim war nicht noch einmal vorgekommen. Außer der kleinen akustischen Affäre mit Gary Jules war sie sehr treu, ohne dafür wirklich arbeiten zu müssen. Sie suchte sich jetzt nur noch hoffnungslose kleine Flirts. Traurige, einsame Menschen wie sie, die auch nicht mehr suchten, sondern resigniert hatten. Sie hatte da inzwischen ein Gespür für. Meistens flüchtige Begegnungen, nur einem Verkäufer im REWE war sie schon seit Jahren treu. Sie stand immer bei ihm an, auch wenn dort deutlich die längste Schlange war. Nicht unbedingt sehr originell, aber so war tatsächlich Shoppen einer ihrer aufregendsten Lebensinhalte.

Dass das Leben noch mal richtig aufregend würde... Die Hoffnung war wirklich zäh gewesen, bevor sie starb.

Als sie dann endlich tot war, hatte Tanja erkannt, dass die Hoffnung tatsächlich, wie es sich gehörte, als Letzte gestorben war, das letzte Lebendige in ihr gewesen war.

Der Kraftstoff ist alle, der Motor still. Das Leben rollt nur noch im Leerlauf aus. Irgendwann wird es einfach stehen bleiben...

Das Abitreffen nach 25 Jahren:

Tanja hatte erhebliche Schwierigkeiten gehabt, sich zu entscheiden, ob sie zum Abitreffen fahren sollte oder nicht. Immer wieder schaute sie in den *Doodle*, wer alles kommen würde. Dexters Name erschien selbstverständlich nicht.

Den Ausschlag gab dann der neue Hut, den sie zehn Tage vorher erstanden hatte und der nach Bewunderern schrie.

Als sie auf die alten Schulkameraden zukam, wurde sie allerdings trotz des Hutes mit Tanja angesprochen. Der Hut wurde von allen bewundert, aber eine Verbindung zu Audrey sah wohl keiner außer ihr. Man braucht ja seine kleinen Geheimnisse...

Nette, belanglose Unterhaltungen während einer kleinen Führung durch die alte Schule. Eine neue Bibliothek, das Lehrerzimmer hochmodern, die Klassenräume fast unverändert, überwiegend noch die alten Schnitzereien in den Tischen.

In einem Tisch im Chemiesaal ein Herz mit ‚*Tanja*' als Inschrift. Sie hatte keine Ahnung, von wem das sein konnte. Es hatte ja sicherlich in den ganzen Jahren hier noch andere Tanjas außer ihr gegeben.

Sie war froh, als sie noch vorm Klingeln wieder aus der Schule raus durften und in die einen knappen Kilometer entfernte Kneipe gingen.

Ein paar Kölsch, neue alte Bekannte und wieder einige nette Bemerkungen über ihren Hut.

Nach einer flüchtigen, nicht repräsentativen Hochrechnung, erkannte sie etwas mehr als die Hälfte der Leute wieder.

Tanja zeigte Fotos von der glücklichen Familie. Bernhard konnte auf die Anweisung „Smile!" wirklich sehr gewinnend lächeln.

Das Kölsch hatte ihr früher gut geschmeckt. Jetzt, wo sie Jever gewohnt war, war es doch arg süß und mit wenig Charakter.

Wie die Leute hier in der Gegend: Süffig, aber unverbindlich. Schnell ins Glas, schnell ausgetrunken. Am Ende immer alles leere Flaschen. Bloß nicht lange festhalten, sonst werden sie schal...

„Tanja?"

„Martin! Hallo!"

„Möchtest du noch ein Kölsch?"

Tanja war froh, aus ihren Gedanken gerissen zu werden. Mochte es auch nicht schmecken, sie brauchte dringend mehr Kölsch. Ihre Gedanken hatten schon wieder diesen aggressiven Unterton, den sie nicht leiden konnte, gegen den sie aber bisher kein Mittel gefunden hatte, außer das Gehirn kurzzeitig absaufen zu lassen. Musste das denn ausgerechnet heute und hier sein?

Auch Martin war begeistert von den Fotos. Sie wurde dauernd beneidet und über den Klee gelobt...

Über den Klee gelobt? Das muss ich zuhause mal googlen. Ich habe keinen Schimmer, was das heißen soll!

Martin schaute sie erwartungsvoll an. Er schien eine Frage gestellt zu haben... Tanja sagte versuchsweise „Ja." und Martin war zufrieden. Sie beschloss, nicht mehr lange zu bleiben.

Jetzt auch noch Bärbel. Es wäre einfacher gewesen, wenn sie am Anfang einen Vortrag gehalten und allen auf einmal die Bilder erklärt hätte...

„Und das ist dein Sohn?"

„Ja genau, das ist Max. Er ist fast achtzehn und macht nächstes Jahr Abitur. Und das ist meine Küche."

„Genialer Ausblick. Oh Mann, wenn ich so eine Küche hätte, würde ich jeden Tag zweimal kochen! Ja guck, und dein Bernhard hat sich aber auch richtig gut gehalten."

Das Foto verdeckte ein wenig, aber Bernhard war inzwischen tatsächlich wieder etwas schlanker geworden und er hatte die seltene Begabung, auf jedem Foto gut auszusehen. Und wirklich, nach all dem Lob der letzten zwei Stunden hatte auch Tanja so ein Gefühl, als wäre sie glücklich verheiratet, als wäre sie ganz zufrieden mit dem, was aus ihrem Leben geworden war.

Die Musik war nicht ihr Geschmack, wobei Tanzen in ihrem Zustand sowieso kaum noch möglich gewesen wäre. Die Augenlider wurden schon schwer. Das hier sollte ihr letztes Kölsch sein, dann würde sie gehen.

„Ach Tanja, du hast es echt gut. Du hast dir gleich den Richtigen ausgesucht. Wie lang seid ihr jetzt verheiratet?"

„Zweiundzwanzig Jahre."

„Und immer noch glücklich?"

Genauso wenig glücklich, wie farbenblind... Aber wen interessieren denn Details?

„Ja. Immer noch glücklich."

„Das freut mich für dich", sagte eine Stimme hinter ihr.

Tanja schrie auf und lies ihr Glas fallen - dachte sie - aber sie hatte zum Glück gerade keins in der Hand.

„Dexter!"

Mehr hätte Tanja selbst dann nicht sagen können, wenn der Mund ihr noch gehorcht hätte, aber er blieb einfach offen stehen.

„Tanja!"

Dexter strahlte sie an.

„Dexter... Du..." Immerhin schon etwas mehr und jetzt gelang es ihr auch, ihren Mund nach den zwei Worten zu schließen.

„Du aber auch Tanja."

Dexter lachte und umarmte Tanja lang und kräftig. Er strahlte immer noch, als er sie los ließ und nun von oben bis unten betrachtete.

Tanja hatte keine Ahnung, wie ihr Gesichtsausdruck war, in ihr drinnen jedenfalls brach, völlig ohne jede Vorwarnung, ein längst als erloschen klassifizierter Vulkan an Gefühlen aus und mit strahlender Klarheit, in all dem Chaos, stand die Erkenntnis vor ihr:

Das Meiste, was ich in den letzten fünfundzwanzig Jahren gedacht, gemacht und gefühlt habe, war nicht ich, war nicht das, was ich wollte, wofür ich bestimmt war...

Dexter strahlte sie weiter freudig an. In ihm schien alles geordnet und ruhig. Tanja wollte ihn eigentlich auch von oben bis unten betrachten, aber sie konnte ihren Blick nicht von diesem Gesicht lösen. *Er war so hübsch gewesen, früher, und jetzt, jetzt war er schön.*

Dexters ehemals schwarze Haare waren grau und sein Gesicht war von unzähligen Falten durchzogen. Viele Lachfalten um die Augen, aber auch viele Erlebnisfalten im ganzen Gesicht.

Diese ewige Ungerechtigkeit, die keine Emanzipation je beseitigen kann: Dass Falten an Männern sexy sein können...

Tanja hatte keine Ahnung, was Dexter getrieben hatte in den letzten fünfundzwanzig Jahren, aber dass er sehr viel erlebt und gelebt hatte war offensichtlich.

„Tanja du siehst toll aus! Ich dachte ja, meine Erinnerung hätte dich verklärt, aber du siehst sogar noch besser aus! Möchtest du auch noch ein Kölsch?"

„Ja."

Ein ganzer Satz! ...Naja. Wohl nicht im Sinne ihres Deutschlehrers. Subjekt, Prädikat, Objekt..., nichts davon. Aber doch irgendwie vollständig.

Ach, scheiß auf Schule!

Tanja starrte Dexter hinterher, der ihr sein frisches Kölsch in die Hand gedrückt hatte und sich selber ein neues an der Theke holte. Sie begriff immer noch nicht wirklich, dass er da war und schon gar nicht, was er eben gesagt hatte und noch unwirklicher kam ihr vor, dass er da an der Theke angequatscht wurde und alle kurz grüßte, aber doch die ganze Zeit zu ihr, zu ihr Tanja, wieso ausgerechnet zu ihr?, schaute.

Tanja versuchte sich zusammenzureißen. Das waren jetzt alles viel zu komplizierte Fragen für ihren körperlichen Zustand, ganz zu schweigen von ihren Gefühlen!

Sie konnte sonst eigentlich immer sehr gut, als wenn sie außerhalb von sich stände, ihre Gefühle beobachten und einsortieren, aber jetzt war da lediglich ein Testbild und nur der Ton war noch an und zeugte von völligem Chaos und blanker Panik in ihrem Studio... Ähnlich wie in der mündlichen Prüfung in Deutsch damals, als ihr ein völlig unbekannter und nichtssagender Text zur Interpretation vorgelegt wurde: Goethes Reisetagebuch mit Betrachtungen über Schnecken in Rom, die an einem Brunnen hochkrochen.

Auch damals war sie völlig überfordert gewesen, hoffte zu träumen und hatte Mühe gehabt, ihre Fluchtinstinkte zu unterdrücken. Aber als Dexter nun wieder auf sie zukam, war da nur ein Fluchtinstinkt: Flucht in seine Arme, an seine Lippen...

Tanja! Reiß dich zusammen! Ganz ruhig! Tief durchatmen, einen festen Punkt fixieren. Nein!! Nicht sein Gesicht! Da, die Theke... So, jetzt wie in der mündlichen Prüfung: Kleine Schritte. Das sagen, was du weißt, auch wenn es gerade nichts mit der Frage zu tun hat. Was weiß ich?

Ihr Blick war doch wieder auf seinem Gesicht. Es war offensichtlich, dass er wirklich froh war sie zu sehen. Einfache Erkenntnisse, kleine Tatsachen waren jetzt etwas, was Tanja ganz dringend brauchte.

„Tanja, wie geht es dir?"

„Ja. Danke. Ich bin immer noch ganz... Dexter! Wo warst du die ganze Zeit?"

„Hab mich ein bisschen rumgetrieben... Das wird eine längere Geschichte. Hast du etwas Zeit für mich? Ich wollte euch eben nicht unterbrechen, wenn du lieber mit, wie heißt sie noch? Oh Mann, ich kenn die meisten nicht mehr."

Tanja wusste schon gar nicht mehr, mit wem sie sich eben unterhalten hatte.

Oh Dexter, ich will die Geschichte jeder einzelnen Falte in voller Länge hören! Warum sage ich das nicht?

„Ja. Gerne. Ganz viel Zeit. Erzähl!"

Oh Gott! Sie hatte in der mündlichen Prüfung damals tatsächlich noch elf Punkte erreicht, indem sie lange vollständige Sätze ohne tiefen Sinn, aber mit vielen Nebensätzen gesprochen hatte, weil ihr Prüfer darauf stand. Heute war sie froh um jeden gelungenen Dreiwortsatz.

„Wunderbar! Rutsch mal ein bisschen, Tanja. Prost!"

Sie stießen an.

„Also. Nach dem Abi wollte ich ja eigentlich was Richtung Schauspielerei oder Theater machen, aber über Regieassistenz bin ich nie hinaus gekommen... Willst du das wirklich hören?"

Tanja nickte. Beinah hätte sie „Ja, ich will!" gehaucht...

„Weil ich keinen Schimmer hatte, was ich werden wollte, habe ich erst mal ein Freiwilliges Soziales Jahr bei *Greenpeace* gemacht und danach bin ich völlig in das soziale und engagierte Milieu abgerutscht... Kennst du *Transparency International*?"

„Ja. Also schon mal gehört. Nichts Genaues..."

„Genau so ging mir das auch, bevor ich..."

Tanja bereute sehr, schon so viel getrunken zu haben. Es fiel ihr ungeheuer schwer, sich auf Dexters Erzählungen zu konzentrieren: Er war noch länger bei *Greenpeace* geblieben, hatte dann Medizin studiert, war für *Ärzte ohne Grenzen* in Somalia und im Irak gewesen, hatte mehrere Jahre für *Transparency International* gearbeitet, aktuell für *Amnesty International* in Deutschland.

Er konnte wirklich spannend erzählen, bloß sie konnte nicht wirklich gut zuhören. Die Gedanken verschwammen, und selbst wenn ihr Geist es schaffte zuzuhören, wollte der Körper nicht mehr so recht. Ihr Kopf kippte nach längerem Zuhören immer zur Seite.

Hinzu kam, dass sie dauernd von irgendjemand, vorhin sogar von der Bedienung, auf den Hut angesprochen wurde.

„Danke, Isabell. Ich find ihn auch toll."

Deswegen hab ich ihn ja gekauft, du blöde Kuh! Kannst du uns jetzt in Ruhe lassen!

„Ja, ich kann dir die Adresse aufschreiben, hast du mal einen Stift?"

Zum Glück wurde Dexter nicht ungeduldig und machte erstaunlicherweise auch keine Anstalten, woanders hin zu gehen. Stattdessen lächelte er Tanja, nachdem Isabell gegangen war, schon wieder strahlend an:

„Ist nicht der beste Platz hier, um fünfundzwanzig Jahre nachzuholen. Ich finde übrigens, dass du mit deinem Hut ein wenig wie Audrey Hepburn aussiehst."

Den ganzen Abend hatte Tanja auf eine derartige Bemerkung von irgendjemandem gewartet und schon mehrere, meist bescheidene Antworten geübt, aber jetzt so völlig natürlich und offensichtlich ernst gemeint aus Dexters Mund!

Tanjas Mund stand völlig natürlich und offensichtlich überrumpelt offen und sagte nichts.

Dexter grinste noch breiter.

„Ich fand schon immer, dass du was von Audrey hast. Hab ich erwähnt, dass sie meine Lieblingsschauspielerin ist? Ich habe sie sogar mal getroffen, als sie für Unicef unterwegs war. Ihr beide passt jedenfalls gut zusammen, wo ihre berühmtesten Fotos in schwarz-weiß sind. Siehst du eigentlich immer noch ab und zu Farben?"

Ihrem gerade gestarteten Versuch, endlich ihren Mund zu schließen, half diese Bemerkung nun überhaupt nicht. Dexter wusste von ihren Farben? Also von früher, als sie noch häufig Farben... Apropos Farben. *Oh, mein Gott!!!*

Tanja entschuldigte sich kurz und ging auf Toilette. Nach einem Schwall Wasser und kleineren Korrekturen im Gesicht, fühlte sie sich etwas wacher. Und ja wirklich. Da waren Farben! Etwas blass und verschwommen, wie alles in ihrem Zustand, aber sie sah wirklich mit offenen Augen Farben! Bis eben hatte sie noch gedacht, sie hätte, wie sonst auch immer, Farben nur gesehen, wenn ihre Augen mal wieder zugefallen waren.

Die Reihenfolge immer die gleiche: Sie kam irgendwo hin, zum Beispiel ans Meer, sah etwas in schwarz-weiß, schloss die Augen und sah das vorher graue Meer in Phantasie- oder Erinnerungsblau... Aber eben hatte sie Dexters Lippen wirklich in Rot gesehen!

Wahrscheinlich wäre ihr jetzt auch ohne Alkohol schwach auf den Beinen gewesen. Vergeblich versuchte sie, ihr Gehirn noch mal so in gleichmäßige Fahrt zu bekommen, dass sie sich hätte erinnern können, wann sie zuletzt im realen Leben Farben gesehen hatte. Sie beschäftige auch schon wieder etwas ganz Anderes. Was hatte Dexter vorhin über ihr Aussehen gesagt? Das Gesicht eben im Spiegel hatte ihr trotz der Farbe nicht gefallen. Keine Katastrophe, aber Audrey war ein auf der Erde verirrter Engel gewesen und Tanja war... Durchschnitt. Aber sowas von Durchschnitt! Bei der Wahl zur Miss Durchschnitt hatte sie kaum Konkurrenz zu befürchten.

Was soll's? Er ist zu mir gekommen. Er unterhält sich mit mir. Ob er noch da ist?

Ja, Dexter saß noch am gleichen Platz, war aber nun umringt von drei anderen Frauen, deren Make-up noch deutlich besser hielt als Tanjas. Sie stellte sich unsicher dazu.

„Tanja. Du hast Fotos von deiner Familie dabei?" Dexter schaute sie erwartungsvoll an.

Meine Familie? Welche Fa... Ach ja...

Tanja zeigte, das erste Mal an diesem Abend ohne Stolz, die Fotos von Max und Bernhard. Auch Dexter gefiel ihre Küche. Tanja war etwas irritiert über ein Foto, auf dem sie mit Dexter und Max stand. Nach einem kurzen Kopfschütteln war dann aber doch wieder Bernhard neben ihr auf dem Bild. Sie sollte besser gehen. Aber jetzt gehen?!? Wo endlich, nach fünfundzwanzig Jahren...

„Tanja, kannst du mal kurz mein Kölsch halten? Danke."

Dexter verschwand nach hinten, von wo ihm Georg und Meinhard zugeprostet und irgendetwas gerufen hatten. Auch Nicole stand dort hinten an dem Stehtisch. Tanja musste sich setzen. Aber Dexter grüßte Nicole nur kurz und setzte sich dann zu Georg und Meinhard und Tanja hielt Dexters Stange...

Ich halte Dexters Stange?!? Oh Gott! Nein. Seine Kölsch-Stange, also...

Sie schüttelte schon wieder den Kopf. Irgendwer fragte sie etwas, sie antwortete irgendwas, derjenige war zufrieden und verschwand.

Ja, das haben wir in der Schule gelernt: Aus dem Schlaf gerissen werden, etwas Unverbindliches antworten und dann weiter schlafen...

Dexter saß noch immer da und lachte über einen Witz von Meinhard. Die beiden hatten früher fast immer nebeneinander gesessen und die meiste Zeit nur Unfug getrieben. Meinhard hatte Dexter einmal an dessen Geburtstag in einer Unterrichtsstunde eine Gurke mit fünf brennenden Wunderkerzen überreicht und alle hatten *Happy Birthday* gesungen. Dexter hatte damals nämlich fast jeden Tag eine komplette Gurke als „Frühstück" mit in die Schule gebracht.

Die Bedienung kam mit einem Kranz Kölsch vorbei und Dexter nahm sich ein frisches und stieß mit seinen beiden alten Freunden an...

Tanja saß da mit Dexters altem und langsam ziemlich warmem Kölsch und wusste nicht recht, was sie machen sollte. Ihr Körper verlangte immer mehr nach dem Bett, ihre

Gefühle wollten sich darauf nur einlassen, wenn Dexter mit in diesem Bett liegen würde.

Erst mal die naheliegenden Probleme lösen: Tanja schüttete ihr restliches Bier in Dexters Kölschstange und trank genüsslich.

Ein wunderbar kribbliges Gefühl zu wissen, dass an diesem Glas eben noch Dexters Lippen gewesen waren und nun ihre, fast im gleichen Augenblick - Zumindest wenn man bedachte, wie winzig diese paar Minuten im Vergleich zur Zeitspanne der Existenz des Weltalls waren - Ja, von einem sehr fernen und angenehmen Blickwinkel musste es so aussehen, als wären ihre Lippen dort zusammen... Sein warmer Atem streifte ihr Gesicht... Seine Hände...

„Bist du eingeschlafen? Tut mir leid, dass es so lange gedauert hat."

Tanja schreckte aus ihren Träumen hoch.

„Oh. Hi! Du. Ja. Ich hab von deinem Kölsch getrunken, wurde schon warm."

„Danke. Ja, ich wurde aufgehalten. Tut mir leid. Dafür habe ich dir jetzt auch ein Neues mitgebracht."

Tanja hatte gar nicht gemerkt, dass sie schon alles ausgetrunken hatte, aber Dexter hatte recht, sie hielt ein leeres Glas in der Hand.

„Danke! Wo warst du jetzt zuletzt gewesen?"

„Bei Georg und Meinhard."

„Ach, du Quatschkopf. Ich meine, bevor du wieder hier nach Deutschland... Weswegen bist du denn eigentlich wieder nach Hause gekommen?"

Dexter kam nicht zum Antworten, Tanja wurde schon wieder von der Seite angequatscht. Dexter rollte mit den Augen. Tanja sagte etwas zu Martina, die zum Glück gleich wieder verschwand und dann zu Dexter:

„Ist doch klar, dass du heute keine Ruhe kriegst. Du warst fünfundzwanzig Jahre verschollen, da will jeder was hören. Du warst schließlich immer unser Mittelpunkt."

„Ich, der Mittelpunkt?" Die bescheidene Verblüffung gelang ihm sehr gut. „Also Tanja, du wirst viel häufiger angequatscht als ich."

„Wie meinen?"

„Ich glaube eher du warst und bist der Mittelpunkt. Nein. Nicht ich glaube, ich weiß. Zumindest für einige..."

Tanja war sehr zufrieden, dass Dexter ausgerechnet jetzt eingeladen wurde mitzugehen. Aber er ging nicht mit, sondern schüttelte den Kopf.

„Sorry Joachim, aber ich habe Tanja schon einmal hier sitzen lassen."

„Kein Problem. Turtelt ruhig weiter ihr beiden. Man soll ja auch nicht zweimal hintereinander sitzen bleiben. Nachher fliegt sie noch von der Schule..."

„Ich schmeiß mich weg", murmelte Tanja.

Dexter erzählte weiter und Tanja starrte unverwandt auf Dexters rote Lippen und in seine blauen Augen und bekam nur ab und zu ein paar Fragmente von seiner Erzählung mit.

„...vielleicht war ich aber auch ein bisschen auf der Flucht, weil ich hier etwas nicht..."

Tanja wurde von drei Mädchen aus ihrem Biologiekurs aus den Träumen gerissen, die ihr dringend ein paar langweilige Fotos zeigen mussten...

Als sie wieder weg waren, stellte Tanja mit Verärgerung fest, dass sie nicht mehr wusste, wo sie gerade dran gewesen waren. Also, außer Lippen und Augen... Oh, hätte sie bloß nicht schon so viel getrunken! Dexter sah deutlich wacher aus. Hätte er nicht ein bisschen früher kommen können?

„Warum warst du eigentlich nicht bei der Schulführung vorhin dabei?"

„Oh Gott! Nein danke. Ich bin ja nicht wirklich hier, um die blöde Schule nochmal zu sehen. Nein, es gab so drei bis vier Leute, auf die ich mich gefreut habe und Eine, die ich noch mal sehen musste!"

Das erste Mal strahlte Dexter sie nicht an sondern sah mit leichter Unsicherheit auf den Boden...

„Nein. Ich war vorhin noch auf dem Friedhof, weißt du, mein Vater ist vor fünf Jahren gestorben und wenn ich dann schon mal in Bonn bin..."

„Ja. Ich habe sein Grab gesehen, als wir meine Mutter beerdigt haben."

„Deine Mutter ist tot?" Dexter schaute sie betroffen an und legte seine Hand auf ihren Arm. „Das tut mir sehr leid."

„Ach. Wir haben uns zum Schluss nicht wirklich gut verstanden, eigentlich nie, seit sie Wolfgang geheiratet hatte..."

„Schade. Ich mochte sie gerne."

„Wirklich?" Jetzt sah Tanja ihn betroffen an. Sie hatte völlig vergessen, dass ihre Mutter auch mal eine liebenswerte Person gewesen war..., vor sehr langer Zeit... Ihre Gedanken wollten gerade in weite Vergangenheit abschweifen, als ihr etwas Seltsames auffiel.

„Woher kanntest du denn meine Mutter?"

„Oh, ich habe nicht oft mit ihr gesprochen, aber ich hab sie oft gesehen, wenn..."

Tja, wenn... Wenn Manuela sie in diesem Moment nicht angesprochen hätte, hätte Tanja interessante Dinge erfahren, zumindest wenn sie noch wach genug gewesen wäre... Manuela setzte sich zu ihnen und es wurde wieder über Belangloses geredet. Das Ärgerlichste war, dass Dexter nun auch wieder seine Hand von ihrem Arm genommen hatte. Es wurde sogar richtig voll am Tisch: Meinhard hatte einen Cocktail mit Gurkenscheiben am Glasrand und um den Strohhalm zurecht gemacht und überreichte ihn stolz:

„Hier, Dexter. Zur Feier deiner Rückkehr den ersten Gurkencocktail der Geschichte: Gin, Tonic, Rum und Gurkensaft. Ziemlich speziell, aber etwas Besonderes..., wie du!"

Das Schirmchen hatte Gurkenschalen statt Glitzerfäden.

Dexter nahm das Glas lachend entgegen und stieß mit Meinhards Daiquiri an.

„Prost! Auf unsere vergurkte Kindheit!"

Die beiden unterhielten sich und Tanja nickte kurz ein. Als sie hochschreckte, war sie wieder mit Dexter alleine am Tisch.

„Huch. Wo ist Manuela?"

„Ich hab Meinhard mit einem zweiten Daiquiri bestochen, damit er sie abschleppt und wir wieder alleine sind."

Dexter zwinkerte. Doch tatsächlich, dahinten stand Meinhard mit Manuela. Vielleicht kein Scherz?

„Schade, dass hier kein Klavier ist. Ich würde so gerne noch mal was von dir hören!"

„Du hast damals gehört, wie ich gespielt habe?"

„Ja. Ich...", aber sie wurden erneut unterbrochen. Wieder sollte Tanja irgendwohin mitkommen. Beim Aufstehen vom Hocker schwankte sie heftig und musste sich kurz bei Dexter festhalten.

Dexter strahlte und nahm sie sofort noch einmal fest in den Arm.

„Ich hätte mir nie verziehen, wenn ich die Gelegenheit nicht schamlos ausgenutzt hätte."

Ein seltsames Glitzern dabei in seinen Augen. Vielleicht hatte er auch schon viel Alkohol getrunken. Tanja versuchte gar nicht erst weiterzudenken und ging zu ihren Freundinnen.

Als sie zurück kam, hielt Dexter ein Glas Wasser für sie bereit. „Hier trink mal was zum Verdünnen. Dann wird der Schädel nicht ganz so dick sein morgen früh."

Tanja wollte noch einmal auf das Klavier zurückkommen, aber als sie merkte, dass sie nicht mal mehr im Kopf zusammenhängende Sätze hinbekam, unterließ sie lieber das laute Sprechen und murmelte nur noch mal was von Toilette.

Das Absteigen vom Hocker ging nach dem Glas Wasser etwas besser als eben, aber für die Strecke zur Toilette hätte sie schon fast einen Rollator benötigt, wären nicht auch so einige Gelegenheiten zum Festhalten auf dem Weg gewesen.

Dexter half ihr bei ihrer Rückkehr noch einmal auf den Hocker und hielt ihren Arm fest, damit sie nicht umkippte. Das war ein noch besseres Gefühl, als auf die Matratze zu sinken, wovon sie nun doch schon so lange träumte.

„Ach Tanja. Ich freu mich so, dich endlich mal wieder zu sehen. Können wir uns nicht vielleicht morgen nochmal irgendwo treffen, wenn wir beide etwas wacher und nüchterner sind?"

Dexter musste Tanja mit beiden Händen festhalten, sonst wäre sie nach hinten vom Hocker gekippt vor Aufregung.

„Oh, das wär so schön, aber ich muss um kurz vor elf meinen Zug nach Hamburg bekommen. Ich muss am Montag wieder arbeiten und Max kommt morgen von der Abschlussfahrt zurück...", sagte Tanja, deutlich undeutlicher, als es hier jetzt steht...

„Du wohnst in Hamburg?!"

„Ja."

„Ich wohne in Wedel. Das ist gleich daneben."

„Ich weiß, wo Wedel ist. Wo denn da?"

„Turiner Straße 12. Nahe der Elbe."

„Ich wohne in Blankenese, nah bei der Elbe!"

„Vielleicht können wir uns ja mal in Hamburg oder auf der Elbe treffen? Ich bin ab morgen Abend auch wieder zuhause."

Oh, wenn ich bloß etwas nüchterner wäre!

Tanja hatte das dringende Bedürfnis, vor Freude zu hüpfen, traute sich aber nicht mal aufzustehen und Dexter zu umarmen. Jetzt kam zum Alkohol auch noch Trunkenheit vor Glück und immer wieder blitzten Farben um sie herum auf...

„Tanja. Soll ich dich jetzt mal nach Hause bringen? Du bist gerade auf dem Hocker eingenickt."

Dexter sah sie besorgt an.

Oh nein! Hatte sie das eben womöglich nur geträumt?

„Du wohnst in Wedel?"

„Ja. Immer noch... Aber ich bin zurzeit nicht zuhause, sondern in Bonn."

„Ach du..." Tanja wollte spielerisch nach ihm hauen und fiel vom Hocker in seine Arme.

„Okay. Also keine Frage sondern eine ärztliche Anweisung. Frau Tanja Bauer! Ich bringe Sie jetzt nach Hause. Keine Widerrede!"

„Ja, das ist wohl besser... Danke. Schreib mir aber deine Adresse auf, ich hab sie schon wieder vergessen."

„Okay. Du hältst dich hier gut fest! Geh nicht ohne meinen Arm los!"

Tanja gehorchte artig.

Dexter ging zur Theke, schrieb seine Adresse und Telefonnummer auf einen Zettel und kam wieder zu ihr.

Tanja steckte den Zettel in ihre Hosentasche und die beiden verließen die Lokalität.

- 16 -

Die frische Luft weckte Tanja ein bisschen auf, und sie ging deutlich sicherer. Bald jedoch begann sie wieder leicht zu torkeln, diesmal weniger vom Alkohol, schwindlig wurde ihr von den immer häufiger aufflackernden Farben um sie herum. Im Dunkeln waren zwar nur wenig Farben zu sehen. Das meiste blieb schwarz, grau, weiß, aber dann wieder eine Ampel in grellem Grün und Rot und vor allem Dexters Augen, ein glitzerndes Blau, wie sie das Meer in Erinnerung, aber schon lange nicht mehr in Wirklichkeit gesehen hatte...

Uups!

Tanja war über einen vorstehenden Pflasterstein gestolpert und Dexter schaffte es zwar noch, ihren Fall zu bremsen, aber dann lagen sie doch beide auf dem Bürgersteig, diesmal ohne Erbrochenes. Mit einem unsinnigen, aber angenehmen Triumphgefühl registrierte Tanja, dass sie diesmal oben lag.

„Sorry! Ich wollte dich nicht..." *flach legen? – doch eigentlich schon...* „...umschmeißen."

„Autsch! Alles in Ordnung bei dir? Entschuldigung! Ich wollte dich eigentlich festhalten, aber..., immerhin konnte ich als Airbag dienen."

Dexter lachte und strahlte sie schon wieder, oder immer noch, jedenfalls an, und die zwei Ozeane funkelten, und Tanja vergaß alles um sie herum, und ohne dass sie vorher die Entscheidung dazu gefällt hatte, war ihr Mund schon auf seinem...

Ihre kalten und trockenen Lippen wurden durch seine weichen Lippen schnell warm und als dann auch noch seine Zunge mithalf, waren sie geschmeidiger, als Tanja es je mit Labello erreicht hatte...

Der wunderbare kleine Augenblick Glück wurde durch ein älteres Ehepaar beendet, das mit lautem Räuspern und nicht weniger lautem Geschimpfe an ihnen vorbeiging. Der Alte schwang dabei seinen Gehstock gefährlich nahe an ihren Köpfen vorbei...

Sie halfen sich gegenseitig hoch und gingen ab da eher im schattigen Bereich neben den Hecken. Tanja überlegte schon, ob sie vielleicht einfach noch mal stolpern sollte und ob das einigermaßen glaubwürdig sein würde, aber in einer besonders schattigen Ecke blieb Dexter stehen, umarmte sie erst lange und nahm dann ihr Gesicht in seine beiden Hände.

Nach fünfundzwanzig Jahren hatte Tanja das erste Mal wieder das Gefühl, dass ihr Kopf wirklich Halt hatte.

...

Leider hatte der Rest des Körpers nicht genauso viel Halt.

Der Kuss war wunderbar, aber ihre Beine konnten einfach nicht mehr und hier war keine Möglichkeit zum Anlehnen.

„Dexter. Es ist noch ziemlich weit. Du musst mich nicht nach Hause bringen. Ich..."

Tanja! WAS sagst du da! Ich bring dich um, wenn er wirklich geht!

„Tanja! Ich **möchte** dich nach Hause bringen! Und ich hoffe, dass es noch sehr weit ist. Ich genieße jeden Schritt mit dir..."

„Ach du..." Tanja wusste nichts weiter zu sagen. War auch zu sehr damit beschäftigt, diesen Traum zu glauben.

Abwechselnd Hand in Hand und Arm in Arm, ab und zu eine feste Umarmung, um Kraft zu schöpfen, torkelten sie weiter durch das nächtliche Bonn; der Weg ging jetzt deutlich bergauf.

Tanja hatte eine ziemlich genaue Vorstellung davon, wo sie Dexter hinschleppen wollte. In die Wohnung ging leider nicht, ihr Stiefvater schlief direkt nebenan und hatte, zumindest früher, einen leichten Schlaf. Aber der Park gegenüber hatte ein paar lauschige Plätzchen, besonders bei Mondschein...

„Ach, Dexter... Mein Dexter..."

„Ja?"

„Ach, Dexter... Ich weiß auch nicht... Ich muss es mir nur immer wieder sagen, sonst glaube ich wieder, ich träume das nur. Ich bin so froh, dich endlich wieder zu haben!"

„Ich auch Tanja. Das kannst du mir glauben."

Wieder blieb Dexter stehen und nahm ihr Gesicht in die Hände.

„Ich finde es auch traumhaft. Von mir aus können wir die ganze Nacht so durch Bonn spazieren. Ich fühl mich schweinesauwohl mit dir!"

„Ach Dexter. Ich mich auch. Ich hab dich schon immer gern gemocht."

Tanja streichelte sanft über seine Unterarme und sah voller Zufriedenheit eine Gänsehaut entstehen.

„Ich dich auch Tanja. Vom ersten Mal an, wo ich dich gesehen habe."

„Nein."

„Doch!"

Beide schwankten gefährlich und hielten sich sicherheitshalber lange eng umarmt fest, um das Gleichgewicht wiederzufinden. Plötzlich spürte Tanja einen kalten Wassertropfen im Nacken und gleich noch einen. Anfangs wurde die Romantik des Augenblicks noch verstärkt, aber dann fing es richtig an zu schütten.

Tanja und Dexter gingen, so schnell es die schwachen Beine und verträumten Seelen zuließen, weiter und suchten Schutz unter zwei großen Eichen. Die hielten zwar den meisten Regen ab, aber nun kam auch ein kalter Wind auf und Tanja begann leicht mit den Zähnen zu klappern. Ein für einen Zungenkuss gefährliches Symptom...

Dexter zog ihr seine Jacke an, aber Tanja musste trotzdem niesen und als sie die großen Pfützen sah, wusste sie, dass aus den lauschigen Plätzchen sehr nasse und matschige ungemütliche Ecken geworden waren... *Mist!*

Irgendetwas in ihr, das sich bis jetzt nicht getraut hatte, gab zaghaft zu bedenken, dass das in ihrem Zustand vielleicht auch besser war. Es wurde zusammengefaltet und weggeschmissen.

Tanja nieste noch einmal, der Regen ließ nach und Dexter, der sie eng umschlungen hielt, um sie zu wärmen, murmelte mit trauriger Stimme:

„Ich glaube, du solltest jetzt lieber schnell reingehen und dich anwärmen."

Reingehen? Woher weiß er, dass ich da vorne wohne? Hatte ich das womöglich eben schon erwähnt?

Tanja ärgerte sich wieder, dass sie nicht mehr alles mitbekam. Aber es war nicht zu leugnen. Da vorne war der Eingang zu Nummer 13.

„Ach, Dexter. Ich will aber bei dir bleiben. Ich glaub, ich habe meinen Schal vergessen. Wir gehen nochmal zurück! Ja?"

Sie nahm an, dass sie ähnlich große Augen hatte wie der Gestiefelte Kater bei Shrek.

Dexter lächelte sie an und nahm noch einmal ihr Gesicht in seine Hände.

„Ich weiß deinen Versuch zu schätzen, Tanja. Ich könnte auch noch stundenlang mit dir rumlaufen, aber ich fürchte unsere Körper schaffen das nicht mehr. Mit zu dir kann ich ja wohl nicht?"

„Also, eigentlich..."

„Ist dein Stiefvater zuhause?"

„Ja, aber..."

„Ach, Tanja. Wir haben uns ja wieder. Wenn du wirklich willst..." Dexters Stimme brach, ach nein, er musste husten. Tanja gab ihm schnell seine Jacke zurück. Seine Stimme war immer noch angeschlagen:

„Wir. Wenn du willst... Wir können uns doch bald wiedersehen..."

Oh, süßer Tod... ... Was?!?

Tanja hatte größte Probleme, nicht völlig wegzudämmern oder in Träumen zu versinken oder was wusste sie? Nichts. Sie wusste nur Dexter vor sich. *Nur? Ha! Er ist doch alles, was ich je habe wissen wollen*, dachte etwas in ihr. Sie dämmerte wirklich weg. *Nein! Ich will hier... Mit ihm...*

„Entschuldige..., was hast du gesagt? Oh, sie mal den wunderschönen Mond!"

Dexter lächelte wieder. „Ja. Wunderschön. Alles... wunderschön... Ein Traum... Du... Du musst jetzt gehen..."

Sie küssten sich noch einmal, der letzte Schatten vor ihrem Haus, die letzte Gelegenheit, keiner wollte loslassen. Er streichelte ihren Rücken, den Po, den Ansatz ihrer Brüste, sie streichelte über seine Unterarme, seinen Rücken, vorne über eine leichte Ausbeulung seiner Hose. Er erschauerte...

„Ach Dexter, ich glaube, ich liebe dich..."

Tanja war jetzt alles egal. Schlamm oder nicht, mochte irgendein Teil des Körpers frieren, ein entscheidender Teil war heiß, sehr heiß und kaum zu bändigen. Sie versuchte, Dexter nun doch Richtung Park zu schieben, aber Dexter war eindeutig stärker und schob sie, eng umschlungen wie sie waren, Richtung Haus. Als sie aus dem Schatten kamen, ließ er sie los und sagte mit zittriger Stimme:

„Du gehst jetzt besser rein, Tanja."

Nein! Ich will nicht weg von dir!!! Bleib, komm mit, komm in den...

Ein weiterer Nieser ihrerseits verdarb auch nur den Ansatz eines Versuchs... Tanja kapitulierte:

„Nur wenn du dich sofort meldest, sobald du wieder in Wedel bist. Wann bist du da?"

„Oh, spätestens morgen Abend. Soll ich dich anrufen? Dann müsstest du mir noch deine Telefonnummer geben."

„Am besten nicht auf dem Festnetz, lieber übers Handy... Das ist... Die Nummer... Moment... Mist! Keine Ahnung mehr. Egal. Ich schreib dir einfach morgen direkt eine Mail mit allen Daten, wenn ich zuhause bin, okay? Aber bitte meld dich bald! Willst du nicht doch mit reinkommen?"

Natürlich hustete genau in diesem Moment drinnen ihr Stiefvater und Dexter schüttelte den Kopf. Tanja gab es endgültig auf.

„Okay, wohl doch keine gute Idee. Wolfgang hat einen leichten Schlaf und ist seeeeehr konservativ. Er wäre sogar empört und würde petzen, wenn du in einem anderen Zimmer schläfst... Ach, ich bin auch völlig fertig. Du hättest wohl keine tolle Gesellschaft mit mir. Wo schläfst du eigentlich?"

„Im Auto."

„Nein."

„Doch. Habe mir extra ein paar Decken reingelegt. Ich habe schon oft in einem Auto übernachtet."

„Darf ich mit?"

Dexter starrte sie mit sehr dunkelblauen Augen an. Das Meer schien von einem schweren Sturm durchfurcht.

„Ich mach mich auch ganz klein und brauch nur ganz wenig Decke!"

Dexter drückte sie, legte seinen Kopf auf ihre Schulter und seufzte... Dann richtete er sich wieder auf und nahm noch einmal ihr Gesicht in seine Hände. Der blaue Ozean jetzt wieder etwas ruhiger. Wenn bloß ihre Beine noch etwas stärker wären, von ihr aus hätte weder Auto noch Bett sein müssen heute Nacht. Dieser Moment, die ganze Nacht, von ihr aus für immer. Erstarrt im Glück...

Fast eine Minute standen sie völlig regungslos; bis auf Dexters Pupillen, die hin und her gingen und ihr das Gefühl gaben, er würde sie mit seinen Blicken über das Gesicht streicheln. Tanja schloss vom Glück überwältigt ihre Augen und erwartete seinen Kuss. Stattdessen hörte sie ein unangenehmes Geräusch...

Nein! Nicht schon wieder!

Aber diesmal war es nicht Dexter. Der hielt immer noch ihr Gesicht fest und schaute zum Haus hoch. Von dort war eine längere Hustenattacke ihres Schwiegervaters zu hören, danach ein unschönes Geräusch von Nase hochziehen und Ausspucken und dann ging drinnen auch noch kurz das Licht an.

„Tanja, ich glaub, es ist besser, wenn du jetzt reingehst..."

Dexters Stimme zitterte. Auch Tanja zitterte, vor Kälte.

„Aber ich will lieber mit dir ins Auto..."

Tanja schwankte schon wieder gefährlich und wäre beinah hingefallen. Dexter hielt sie fest.

„Ach du. Du wärst da herzlich willkommen, aber ich fürchte, du schaffst es gerade noch bis zum Bett und ich bin auch schon zu angeschlagen, um dich noch bis zum Auto zu tragen und es dürfte auch ein paar unangenehme Fragen von deinem Stiefvater geben, wenn du nicht auftauchst. Melde dich einfach ganz schnell und wir sehen uns bald trocken und nüchtern wieder. Ja?"

„Ja."

Tanja wusste, dass er Recht hatte und doch nahm sie es ihm übel, dass er nicht einfach das zwar Falsche, aber Schöne, sagte...

„Moment, Tanja! Ich habe dir vorhin gar nicht die Mailadresse aufgeschrieben."

Dexter schrieb sie schnell auf einen kleinen Zettel und steckte ihn Tanja in die Jackentasche.

Noch einmal versanken sie in einer langen Umarmung, dann schob Dexter sie sanft Richtung Tür.

„Wir sehen uns bald wieder."

„Ja. Bitte! Ich melde mich und du meldest dich sofort zurück, versprochen?"

„Versprochen!"

Tanja ging die drei Stufen zur Eingangstür hoch und schloss auf. In der offenen Tür drehte sie sich um. Dexter stand noch da und zwei tiefblaue Punkte glitzerten zu ihr hinauf. Sie winkte, Dexter winkte zurück. Tanja wusste nicht, wie wieder umdrehen.

Dexter lächelte, winkte noch einmal, warf ihr einen Kussmund zu und verschwand zur Seite. Der Bann war gebrochen, sie ging die restlichen fünf Stufen zu ihrer alten Wohnung.

Tanja betrat, nach einem längeren Kampf mit dem Türschloss, leise den Flur. Von ihrem Stiefvater war zum Glück nichts mehr zu sehen oder zu hören. Ein Gespräch mit ihm, wahrscheinlich schon sein Anblick, hätte diese wunderbare Stimmung, in der sich Tanja befand, sofort zerstört. Noch immer völlig aufgewühlt schlich sie sich in ihr Zimmer.

Sie wusste, sie würde nicht sofort einschlafen können und ging zur alten Musikanlage, die immer noch an ihrem Platz neben dem großen Fenster stand. Cassetten. Wie lange hatte sie keine Cassette mehr gehört? Sie drückte auf *Play*.

Ah! Die gemischte Filmmusik, die ihr Martin einmal aufgenommen hatte. Die letzten Klänge von *Jenseits von Afrika*.

Ja, das war durchaus passend. Ein ergreifender Kitschfilm war da heute abgelaufen, leider war sie zwischendurch ein paar Mal eingenickt und hatte jetzt irgendwie verpasst, ob es ein Happy End gewesen war.

Hauptsache es gab eine Fortsetzung!

Gleich würde auf der Cassette *Dances with Wolves* kommen - Ihr Lieblingssoundtrack. Sie ging zum Fenster. Der Musik lauschend hatte sie früher oft von dort in den kleinen Park gegenüber geschaut und geträumt... bei *Dances with Wolves* natürlich von Kevin Costner.

Doch was sie jetzt sah, war noch viel besser, als wenn da damals Kevin Costner aufgetaucht wäre:

Dexter war immer noch da. Er hatte sich inzwischen auf die kleine Mauer vor dem Park gesetzt, seinen Kopf in beide Hände gestützt und starrte auf den Boden. Die Wolken waren aufgelockert und es regnete nicht mehr. Seine dunklen Haare waren voller vom Mond glitzernder Wassertropfen. Immer wieder fiel einer auf den Boden und zerbarst in hundert Teile.

Tanja wusste noch, wo sie sich hinstellen musste, damit man sie von draußen nicht sehen konnte. Sie hatte früher im und vor dem Park so einiges an nicht immer jugendfreien Aktionen beobachtet.

Dexter schaute zu ihrem Fenster hoch. Der Mond ließ sein Gesicht glitzern und die blauen Augen blitzten.

Tanja verschlug es die Sprache, obwohl sie gar nichts gesagt hatte. Sie wagte kaum zu atmen. Der perfekte Anblick! Das war deutlich wie selten etwas in ihrem Leben klar gewesen war. Nie zuvor hatte sie, niemals danach würde sie ein schöneres Bild sehen.

Nicht nur der Anblick. Der Augenblick war perfekt. Die Musik, sie hatte noch den Duft seines Aftershaves in der Nase, ihre Wangen spürten noch immer seine Hände, die er jetzt langsam zum Gesicht hob.

Dexter wischte sich durch das nasse Gesicht, raufte dann längere Zeit seine Haare, während er wieder auf den Boden starrte. Dann schüttelte er sich, fast wie ein Hund, und hunderte von kleinen Monden flogen von ihm weg und verschwanden im Dunkel.

Jetzt schaute er wieder zu ihrem Fenster hoch, doch die blitzenden Augen schlossen sich schnell und Tanja sah, wie sich Dexter mit der rechten Hand sanft über seinen linken Unterarm streichelte. Sein Gesichtsausdruck dabei eine intensive Mischung aus Glück und Verzweiflung. Erst nach einer Weile fiel ihr auf, dass sie sich ebenfalls leicht über den Unterarm strich. Auch sie hatte eine Gänsehaut.

Tanja hatte sich inzwischen auf die Fensterbank gesetzt, die in den letzten Jahren irgendwie schmaler geworden zu sein schien. Es war nicht sehr bequem, aber sie konnte nicht mehr stehen und spürte eigentlich ein existentielles Verlangen nach ihrem Bett, aber für nichts in der Welt hätte sie diesen Anblick losgelassen. Zur Not würde sie hier auf der Fensterbank einschlafen und hoffen, dass Dexter noch da säße, wenn sie aufwachte.

Tanja spürte die Wärme der Heizung unter dem Fenster. Draußen kam wieder Wind auf, wie sie an den Bäumen und Büschen hinter Dexter erkennen konnte. Wenn er noch lange nass im kalten Wind säße, würde er sich den Tod holen.

Nein! Das kann ich nicht zulassen!

Tanja wollte aufstehen, hatte aber das deutliche Gefühl, dass ihre Füße es nicht noch einmal die acht Stufen bis zur Straße schaffen würden... und... sie konnte ihre Augen einfach nicht von Dexter nehmen. Sie waren gefangen. Sie versuchte es aus reiner Neugier, aber nur der Kopf bewegte sich zur Seite. Der Blick klebte fest. Sie wiegte leicht mit dem Kopf hin und her. Ihre Haare streichelten sein Gesicht, ihre Nase berührte sanft seine. Sie wollte die Augen zum Kuss schließen, doch seine waren gerade wieder offen und sie verlor sich in seinem tiefen Blau...

Hatschi!!! - Dexter hatte so heftig genießt, dass er fast von der Mauer gefallen wäre. Tanja rutschte vor Schreck tatsächlich von der Fensterbank, auf die sie einfach nicht mehr ganz drauf gepasst hatte, und landete unsanft auf dem Teppich davor.

Die Musik schwenkte gerade auf *Miss Marple* um.

Tanja schnappte nach Luft, vor Schmerz, ein wenig körperlich, sicherlich, aber vor allem beim Zerplatzen des Augenblicks. Sie wollte sofort wieder zurück. Nochmal das gleiche Lied, der gleiche Anblick, die gleiche wundervolle Illusion...

Tanja setzte sich auf. Sie hatte es doch in der Hand! Er musste dringend rein ins Warme, das war doch genug Rechtfertigung, falls es doch jemand bemerken sollte.

Sie stand schnell auf, zu schnell, der Kreislauf lag noch auf dem Boden und sie musste sich am Schreibtisch festhalten. Doch nicht nur der Kreislauf kam nun langsam hoch, auch ihr Mageninhalt hatte auf einmal dieses Bedürfnis und Tanja rannte nicht wie geplant zur Straße, sondern auf Toilette.

Als sie sich drei Minuten später notdürftig wieder frisch gemacht hatte, war Dexter nicht mehr da...

Es klopfte. Tanja schnellte im Bett hoch und starrte zur Tür.

Dexter?

Die Tür ging langsam auf, Tanja wagte nicht zu atmen und versuchte krampfhaft, die aufsteigende Übelkeit zu unterdrücken.

Ihr Stiefvater kam mit mürrischem Gesicht ins Zimmer.

„Weißt du eigentlich, wie spät es ist?!? Dein Wecker hat die ganze Zeit geklingelt, aber nur ich bin davon wach geworden. Ich weiß wirklich nicht, wie du deinen Zug noch bekommen willst. Hier!"

Er legte ihre Hose über die Stuhllehne.

„Ich hab deine Hose gewaschen und in den Trockner getan, die war ja furchtbar schmutzig. Bist du nach Hause gekrochen?"

Er sprach übertrieben laut und jedes Wort hallte unangenehm in ihrem Kopf. Tanja legte sich wieder hin, verschwand unter der Decke und rief von dort:

„Ich steh gleich auf! Kannst du mir noch schnell was für unterwegs machen, bitte?"

Ihr Stiefvater murmelte etwas Unverständliches und ging aus dem Zimmer. Tanja wäre beinah wieder eingeschlafen, da schreckte sie schon wieder hoch. *Die Hose?!?*

So schnell es der halbdefekte Körper zuließ, ging sie zum Stuhl und durchsuchte ihre Jeans. Das weiße Gebrösel in der Tasche hinten links war mal Dexters Adresse und Telefonnummer gewesen. Tanja starrte ungläubig auf die Schnipsel.

Welch eine Katastrophe! Und doch auch, welch ein Glück! Sie hatte nicht alles nur geträumt! Sie war sich beim Aufwachen mit ihrem dicken Brummschädel nicht mehr sicher gewesen, was gestern Nacht passiert war. Aber das war der Beweis:

Dexter war tatsächlich zur Abifeier gekommen, hatte sie wirklich nach Hause gebracht! Dexter war nicht mehr nur eine Decke, es gab ihn wieder ganz real in ihrem Leben!

Sie ging schnell zum Fenster. Natürlich saß Dexter nicht mehr da, aber doch, ja, da hatte er gesessen, da hatte er zu ihr hoch geschaut. Tanjas Beine wurden schon wieder schwach und sie setzte sich in den Sessel neben der Heizung.

Sie bedeutete ihm wirklich etwas und er wartete jetzt auf ihre Mail.

Mail?!

Schon wieder schnellte sie hoch. Ihr Magen gab das Rebellieren auf. Welch ein Glück, dass er die Mailadresse nicht gleich mit aufgeschrieben hatte! Tanja flitzte zu ihrer Jacke und hielt wenige Augenblicke später einen zerknitterten, aber ungewaschenen kleinen Zettel in der Hand.

Ihr Stiefvater hatte kein Internet, sonst hätte sie gleich hier eine Mail geschrieben, aber jetzt wollte sie so schnell es ging nach Hause.

Dexter... Er war wieder da. Irgendwas würde sich ändern.

Tanja steckte dem Taxifahrer zu viel Geld zu, stieg schnell aus, rief: „Stimmt so!" und lief schon los. Noch drei Minuten. Wahrscheinlich hatte der Zug ausgerechnet heute keine Verspätung, aber sie konnte es noch schaffen. Zum Glück war das Gleis 2 gleich beim ersten Aufgang und niemand auf der Rolltreppe. Sie lief, so schnell es mit der dicken Tasche ging, nach oben und da wartete der ICE nach Hamburg tatsächlich noch. Der Schaffner stand schon an der Tür und gab das Zeichen, die Türen piepten und Tanja schlüpfte noch schnell in den Zug, direkt in den ersten Wagen hinter der Lok. Sie ließ sich auf einen Sitz am Fenster fallen, schloss die Augen und atmete tief durch.

Na also! Das hatte sie hinbekommen, obwohl ihr Stiefvater gesagt hatte, das würde sie nie mehr schaffen. Ab jetzt wollte sie ganz viel schaffen, was ihr niemand zugetraut hatte.

Der Zug setzte sich in Bewegung. Tanja machte die Augen wieder auf und schaute auf den Bahnsteig. Ihr Herz hüpfte fast aus der Bluse:

Da stand Dexter! Also... Vielleicht. Der Mann stand zehn Meter weit weg und leider mit dem Rücken zu ihr und war halb verdeckt von einer Menschentraube zwischen ihnen. Er schien etwas zu suchen. Gerade als er sich umdrehte lief natürlich ein größerer Mann vor ihn und dann ein Strommast zwischen ihnen und dann war der Zug schon so weit gefahren, dass Tanja ihn nur noch unscharf sehen konnte.

Wer auch immer starrte dem Zug hinterher...

- 17 -

„Ich bin mal kurz auf Toilette."

Nicht, dass das irgendwen interessiert hätte - Max las in seinem Buch und Bernhard saß vor dem Fernseher - aber es war jetzt schon das zehnte Mal, dass sie aus dem Wohnzimmer verschwand und bevor sich doch noch jemand Gedanken machte...

Tanja ging auf dem Weg zur Toilette am Computer vorbei. Immer noch keine Mail.

Sie drückte ein paar Milliliter raus, ging wieder am Computer vorbei..., aber da war noch weniger im Postfach, als eben in ihrer Blase.

Gut. Sie wusste natürlich nicht, ob Dexter wirklich schon wieder zuhause war. Heute Abend hatte er wieder da sein wollen. Das war ein dehnbarer Begriff. Vielleicht ging er gar nicht jeden Tag an den Computer. Tanja sonst ja eigentlich auch nur selten.

Sie hatte keinerlei Vorstellung davon, wie er lebte. Von dem bisschen, was er gestern erzählt hatte, war nur noch ein

Bruchteil in ihrem Gedächtnis. Sie wusste fast überhaupt nichts über Dexter.

Tanja hatte sofort an ihn geschrieben, als sie zuhause angekommen war. Naja, nach kurzer Begrüßung ihrer beiden Männer.

„Und..., wie war es ohne mich, Max?"

„Ich könnte mich an das Pizza-Taxi gewöhnen."

„Und wie war es für dich, Schatz?"

„Ja, hat mir auch geschmeckt."

„Na. Ich meine ohne mich? Habe ich dir gefehlt?"

Bernhard schaute sie ratlos an. Es war klar, dass da keine spontane und auch keine ehrliche Antwort mehr kommen würde; nur eine gut abgewogene, von der er glaubte, dass sie am wenigsten Arbeit machen würde... Doch die konnte er sich jetzt auch ganz sparen.

Tanja erzählte einfach schon etwas Belangloses von der Fahrt. Was erwartete sie denn? Er hatte ihr ja auch nicht gefehlt.

Das, was sie wirklich bewegte, würde sie bestimmt nicht erzählen. Eher auch so abgewogen, schwarz-weiß, als wären da nicht auf einmal wieder überall Farben in ihrem Leben...

Während Tanja kochte, hatte sie ihr Laptop neben sich stehen. Sie hatte eine Seite mit einem Rezept geöffnet, um dahin zu wechseln, falls jemand gucken sollte. Wie üblich schaute aber niemand und sie konnte in Ruhe ein *FreeMail-Konto* bei *Web.de* einrichten und eine kurze Nachricht an Dexter schreiben:

Lieber Dexter,

ich hoffe Du bist inzwischen auch gut wieder zuhause angekommen.

Zu Deiner Beruhigung: Ich habe mich nicht erkältet, hab im Zug richtig gut geschlafen und sehr angenehm geträumt. Mir geht es wunderbar!

Und, bei Dir auch alles gesund? Lass bald was von Dir hören! Aber bitte unter dieser Mailadresse.

Wünsche Dir eine wunderschöne Woche!

Fühl Dich gedrückt von

Deiner Tanja

P.S.: Schreib mir bitte noch mal Deine Adresse und Telefonnummer. Dein Zettel ist leider (dank meines Stiefvaters) der Waschmaschine zum Opfer gefallen.

Beim Essen erzählte Tanja viel, noch mehr als sonst, zu viel. Sie hatte etwas zu verbergen..., aber es fiel niemandem auf.

Bernhard erzählte nichts. Wie üblich. Da schien alles in Ordnung zu sein.

Max las in einem ziemlich dicken Buch. Eigentlich erfreulich, dass er wieder las, aber beim Essen? Da war Pizza womöglich wirklich praktischer.

Bernhard war als erster fertig.

Er hat eigentlich nichts zu tun, hat den Mund leer. Er könnte was erzählen, oder wenigstens das Essen loben... oder wenigstens schon aufstehen, damit ich an den Computer kann!

Tanja hatte gedacht, dass sich diese ganze unwirkliche und unsichere Hochstimmung zuhause wieder legen würde, aber es wurde immer stärker. Als das Essen endlich vorbei war, ging Tanja sofort zu ihrem Laptop, aber Dexter hatte noch nicht zurückgeschrieben.

Sie räumte ihren kleinen Koffer aus, machte die Wäsche, räumte die Spülmaschine aus und ein und immer wieder zwischendurch..., aber nichts.

Tanja machte sich einen Wein auf. Die letzte Flasche von dem guten Merlot aus Chile, den sie sich für einen besonderen Anlass aufgehoben hatte. Schon vor sehr langer Zeit für einen besonderen Anlass aufgehoben hatte. Aber irgendwie war in den letzten Jahren - Jahrzehnten? - kein besonderer Anlass mehr gewesen in ihrem Leben.

Ein herrlich warmes Gefühl nun auch im Bauch. Tanja machte sich einen Käseteller, nahm ein paar Salzstangen, setzte sich zu Max und öffnete ein Buch, ab und zu blätterte sie sogar um. Was sollte sie tun? Am liebsten hätte sie vor dem Laptop ausgeharrt, oder einen Kitschfilm angeschaut, wobei ihr kein ausreichend glücklicher Film einfiel. *Jenseits von Afrika?* Nein. Sie brauchte etwas mit Happy End. *Liebe braucht keine Ferien* vielleicht. Aber Bernhard mochte solche Filme nicht.

Sie hatte große Lust, nach Jahren Pause mal wieder Tagebuch zu schreiben – endlich gab es wieder etwas zu berichten - aber sie hatte schon immer zu viel Angst gehabt, dass jemand ihr Buch entdecken würde, als dass sie ehrlich geschrieben hätte und außerdem... Für das hier Worte finden?

Max verschwand in seinem Zimmer und Tanja holte ihr Laptop an den Tisch. Da!!!

- 1 neue E-Mails.

Mit Mühe unterdrückte sie einen Freudenschrei und schaute schnell zu Bernhard, der zum Glück schon Richtung Fernseher verschwunden war. Sie holte tief Luft..., atmete dann aber doch wieder aus, nahm noch einen kleinen Schluck Merlot, genoss die ungeheure Spannung in ihr, richtete kurz die Frisur, holte noch einmal tief Luft und ihre Finger zitterten, als sie den Posteingang öffnete...

- Web.de informiert. Gewinnen Sie 5.000€ in bar!
Sehr geehrte Frau Bauer,
  runter vom Sofa, raus in die Natur, die frische Luft und die warmen Sonnenstrahlen genießen. Beim kostenlosen web.de Gewinnspiel können Sie tolle Preise für Ihren persönlichen Outdoor-Trip gewinnen.

Tanja spülte die Enttäuschung mit einem großen Schluck Merlot runter. Noch ein Schluck zum Mut antrinken und dann machte sich Tanja an die zweite Mail, die, die sie auf dem Rückweg im Zug schon so oft im Kopf in verschiedenen Versionen geschrieben hatte...

Wäre dies ein Brief auf mechanischer Schreibmaschine gewesen, hätte Tanja mindestens zwei Flaschen *Tipp-Ex* verbraucht, so viel wurde korrigiert, neu formuliert, gestrichen, nochmal fast genauso geschrieben. Dann die ganze Mail gelöscht. Dann eine harmlose Variante, viel zu harmlos, nicht im Ansatz etwas von ihren aktuellen Gefühlen. Die Version ihrer Gefühle zu sehr wie ein Kitschroman oder

Heiratsantrag. Oh Gott, Liebe! Natürlich, seit Jahren, Jahrzehnten, aber das doch nicht in einer Mail gestehen. Löschen!!! Dann fast genau die erste Version wieder geschrieben, als Entwurf gespeichert, kurze Pause an der frischen Luft, Toilette, die Fingernägel gefeilt, Entwurf gelöscht, die Fingernägel lackiert, völlig neue Mail usw.

Liebe war noch zu viel, eine belanglose Mail jetzt viel zu wenig, Freundschaft nett, aber... Ach...

Die Flasche Merlot war irgendwann leer, das Herz warm und schwer, der Kopf nicht mehr ganz klar, Melancholie und Sehnsucht nutzen einen Augenblick der Unaufmerksamkeit des Verstandes und Tanja klickte auf *Senden*.

Sie schreckte hoch.

Oh Gott, ich habe was abgeschickt?!?

WAS habe ich abgeschickt?

Tanja wusste nach all den Entwürfen und Änderungen tatsächlich nicht mehr, was sie da gerade als letztes geschrieben haben mochte.

Bangen Herzens drückte sie auf den Ordner *Gesendet* und betete, dass es nicht zu schlimm sein möge...

Lieber Dexter!

Ich glaub, ich hab mich doch erkältet. Mir ist überall warm und heiß, als hätte ich Fieber. Vielleicht sollte ich mich mal mit einem Arzt treffen...

Sag mal, warst Du das auf dem Bahnsteig? Wenn Du es warst, weißt Du was ich meine, wenn nicht, vergiss es!

Wie auch immer... Was ich da gerne losgeworden wäre, wenn wir uns gesprochen hätten, und was ich immer noch gerne loswerden will:

...

(Ich starre und überlege... Die letzte Zeile ist schon 10 Minuten her... - Wie sagt man sowas?)

Du glaubst nicht, wie oft ich in den letzten 25 Jahren an Dich gedacht habe...

(Zum dritten Mal zwei Zeilen gelöscht. Was bin ich froh, dass das am Bahnsteig nicht geklappt hat. Ich fürchte ich hätte Dich nur verzweifelt angeschaut und keinen Ton raus bekommen... Und sowas hat schon 25 Jahre Abitur!)

Nachdem ich mir versprochen habe, gleich alles zu löschen, kann ich ja mal unbeschwert hinschreiben:

Ich hab Dich furchtbar sehr dolle lieb und es gibt keine drei Leute auf der Welt, die mich ansatzweise so interessieren und faszinieren und bei denen ich mich so freue, wenn ich was von ihnen höre und die mir ruhig mal ihr ganzes Herz ausschütten könnten, wenn sie denn gerade mal ein Bedürfnis danach hätten, und Du brauchst dann auch nicht wie ich hier dauernd alles löschen, weil ich wieder darüber nachdenke, wie es wohl ankommen möge und ob Dich das wirklich interessiert oder nur peinlich berührt und alles kaputt macht...

Sorry! Aber ich mag es nicht löschen. Da musst Du jetzt einfach durch! Vielleicht freut es Dich ja doch irgendwie...

Du tust mir gut und ich würde Dir auch gerne... Ups. Der Zug fährt gleich ab. Lass Dich noch einmal feste drücken!

Noch lange winkt

Deine Tanja

P.S.: Am Fenster stehend seufze ich leise, dass Du es nicht hören kannst:

Ich liebe Dich Dexter! Ich habe keine Ahnung, was das genau bedeutet, aber ich freue mich wahnsinnig darauf, es mit Dir zusammen herauszufinden...

Tanja stöhnte. O weh! Hoffentlich hatte Dexter auch schon etwas getrunken, wenn er das las! Es war nicht gerade eine der harmlosen Versionen. Aber..., war es womöglich sogar zu sehr auf „nur" Freundschaft fokussiert? Glaubte er womöglich, sie wollte gar nicht mehr?

Will ich mehr? Wirklich ernsthaft? Alles aufgeben? Für was genau?

Tanja putzte Zähne, ihr war irgendwie schlecht, oder war es doch kribbelnde Vorfreude im Bauch? Nicht der Hauch einer Ahnung, was passieren würde...

In der Nacht stand Tanja vier Mal auf und fuhr den Computer hoch. Während der knapp drei Minuten bis das Postfach auf war, kaute sie an den Nägeln oder verknotete unruhig ihre Finger. Kaum erträgliches Kribbeln im Bauch. Nach dem Anblick des leeren Postfachs dann jedes Mal zunehmende Enttäuschung, langsam umschwenkend in ein banges Gefühl, jetzt, wo sie wieder nüchterner wurde:

Hatte sie zu viel geschrieben? Hatte sie ihn erschlagen?

Sie war immer noch so voll von ihrem Glück! Es war gewachsen, seit sie sich gestern Nacht getrennt hatten. Er schien doch auch irgendwie... da auf der Mauer... Der Kuss, die lieben Worte... War bei ihm inzwischen nichts gewachsen, sondern Ernüchterung eingekehrt? Vielleicht hatte er ihr das schon am Bahnhof sagen wollen. Wenn er es gewesen war, war er womöglich gar nicht gekommen, um sie zu drücken, sondern um ihr zu sagen, dass es ein Fehler gewesen war?

War ihm das vielleicht schon auf dem Rückweg aufgefallen? Er war zum Schluss so abweisend geworden... Oh Gott! Sie wusste ja nicht mal genau, ob er nicht womöglich eine Freundin oder gar Ehefrau hatte. Nein, davon hätte er was erzählt! Vielleicht war er ja doch noch nicht zuhause oder zu müde, oder er war schwer erkältet... Tanja war auch müde, aber schlafen konnte sie nicht.

Auch am Morgen: Nichts.

Am Mittag:
-Web.de Best Price
Master Card Gold. Die Null-Euro-Kreditkarte + Reise-Gewinnspiel

Max oder Bernhard hätten ihr wohl sagen können, wie man die Spam-Mails sperrte, aber die konnte sie natürlich nicht fragen. Sie nahm sich fest vor, beim nächsten Mal wenn „*1 neue E-Mails*" erscheinen würde, ganz normal weiter zu atmen...

Den ganzen Sonntag nichts. Tanja merkte, wie die Farben um sie blasser wurden.

Sie war immer mehr der Überzeugung, dass sie Dexter mit ihrem Liebesgeständnis verschreckt hatte...

Als Bernhard am Abend wieder vor dem Fernseher und Max vor seinem Computer saß, setzte Tanja sich an ihr Laptop und tippte einen weiteren Brief:
Lieber Dexter,

ich hoffe, ich hab Dich nicht zu sehr überfahren mit meiner letzten Mail. Ich denke...

Tanja starrte auf den Bildschirm. Wie konnte sie schreiben, was sie dachte, wenn sie es selber gar nicht wusste? Eigentlich wollte sie gar nichts zurück nehmen, aber wenn er mehr Zeit brauchte...

Sie löschte die Zeile. Also, nochmal:

Lieber Dexter,

ich hoffe, Du bist gut zuhause angekommen und wurdest von meiner Mail nicht allzu sehr überfahren. Ich bin nicht gut im Schreiben von Mails, würde jetzt viel lieber mit Dir irgendwo sitzen und erzählen und wir könnten uns endlich mal in Ruhe kennenlernen... Ich habe so viele Fragen und möchte so viel von Dir kennenlernen!

Das müsste doch noch gerade erträglich sein, oder? Eigentlich war es viel zu wenig, bedachte man, was in ihr ablief, aber vielleicht doch schon zu viel, wenn er Zeit brauchte...

Wenn er womöglich noch gar nicht so viel wollte, wie sein Kuss ihr versprochen hatte, wenn seine Liebe erst wachsen musste?

Tanja spürte, wie ihr eben noch so aufgeregt hüpfendes Herz ganz schwer wurde.

Seine Liebe... - War da Liebe in ihm?

Sie starrte wieder auf den Bildschirm. Nicht nur die Dopplung störte sie... Vor allem störte sie, dass es für ein verliebtes Paar völlig egal wäre, was sie schrieb und wie sie es schrieb; aber sie waren halt kein verliebtes Paar. Eine verliebte verheiratete Frau und ein... Tja, ein was? Ein vielleicht immer noch nicht zuhause angekommener Mann? Ein ernüchterter Mann? Stand er immer noch auf dem Bahnsteig?

Wie ernst durfte sie seine Worte nehmen? „Tanja, ich hab dich schon immer sehr gern gehabt, seitdem ich dich kenne." Irgendwie so hatte er das gesagt. Wäre sie bloß etwas nüchterner gewesen und hätte sie ihn doch noch ein paar Umwege geführt!

Sie würde am liebsten jetzt noch mit ihm quer durch Bonn laufen, sich an ihn haltend, ab und zu in der Umarmung Kraft für den weiteren Weg schöpfend...

Das könnte sie jeden Tag gebrauchen: Immer zwischendurch, wenn der Lebensweg endlos kahl und bis zum Horizont langweilig vor ihr lag, eine Umarmung von Dexter und sie hätte wieder Kraft vorwärts zu gehen.

Das hätte sie ihm gerne geschrieben, aber das war ja noch schlimmer als gestern!

Wie war das bei *Der Kleine Prinz* gewesen? Jeden Tag etwas näher zum Fuchs setzen, um sein Vertrauen zu gewinnen, um ihn zu zähmen, um ihn anschließend für immer zum Freund zu haben. Stattdessen war sie gleich mit der ersten Mail voll auf ihn zugestürmt, hatte ihn umgeschmissen und versuchte jetzt, jedes Mal ein Stück weiter wegzukommen... So konnte doch Zähmen nicht funktionieren!

Tanja schaute sich die abgeschickte Mail noch mal an. Sie hatte einfach nur gesagt, was sie fühlte, was sie dachte. War das so falsch? Wenn Dexter auch verliebt sein sollte, sicher nicht.

Aber was war er in nüchternem Zustand, bei Tageslicht?

Gott ja, er hatte sicherlich nicht die letzten fünfundzwanzig Jahre damit verbracht, irgendwen zu heiraten, um Tanja zu vergessen; er hatte sicher keine Decke, die er Tanja nannte und nachts bekuschelte und küsste.

Sie hatte eigentlich nie ohne ihn gelebt, er war immer bei ihr gewesen, er hatte ihr Leben geprägt, ihre Träume beherrscht, ihre Sehnsüchte allein besessen. Hatte er einmal an sie gedacht in den letzten fünfundzwanzig Jahren?

So viel hatte sie ihn nicht gefragt, so viel wollte sie jetzt wissen, so viel wollte sie ihm sagen.

Ach, aber wozu ihm was sagen? Wozu noch schreiben? Das Einzige, was sie wirklich hatte sagen wollen, hatte sie schon gesagt und das war wohl falsch gewesen...

Jetzt anderes sagen? Unbedeutenderes? Womöglich künstlich Geschlichtetes?

Nein! Sie wollte nur immer wieder schreiben:

Ich liebe Dich Dexter! Ich habe keine Ahnung, was das genau bedeutet, aber ich freue mich wahnsinnig darauf, es mit Dir zusammen herauszufinden...

Tanja löschte alle Entwürfe und ging zu Bett. Sie traute sich nicht, ihrer Decke die volle Wahrheit zu sagen.

Ich liebe dich Dexter! Ich wünschte, du könntest mich auch lieben...

Dann brach sie in Tränen aus.

Auch am Montagmorgen... Nichts.

Die ganze Woche nichts.

Irgendwann Dienstag oder Mittwoch, sie wusste es nicht mehr, war die letzte Farbe aus ihrer Umgebung gewichen.

Am Freitagmittag hielt es Tanja nicht mehr aus. So hatte es nicht geklappt. Ein Versöhnungsangebot musste her:

Hallo Dexter! Ich wünsche Dir ein wunderschönes Wochenende! Meld Dich bald!

Vielleicht war er einfach sehr schreibfaul? Jedenfalls hatte sie ihm nun eine gute Vorlage gegeben, wenigstens eine harmlose Mail zurückzuschicken, falls er einfach noch nicht weit genug war, um auf ihr Liebeswerben zu antworten... Dann würden sie halt wenigstens mal kleine Grüße hin und her schicken...

Obwohl sie wusste, dass ein nur kurzer Gruß von ihm fast unerträglich wäre...

Sie wollte von ihm kein schönes Wochenende gewünscht bekommen. Sie wollte wissen, was ihm dieser Rückweg vom Abitreffen bedeutete, was sie ihm bedeutete!

Zum dritten Mal hintereinander hörte sie Amanda Marshals *Beautiful Goodbye*:

"Do you ever think of you and I and our beuatiful godbye?"

Bedeutete es ihm wenigstens ein bisschen? Eine schöne Erinnerung unter vielen?

Was bedeutet es mir? Alles.

Und das kam Tanja noch untertrieben vor.

- 18 -

Nach weiteren sieben Tagen ohne Nachricht von Dexter begann Tanja sich zu wünschen, sie wäre nicht zum Abitreffen gefahren.

Vorher war alles so einfach, so unaufgeregt und vorherbestimmt gewesen. Jetzt lief sie völlig unsinnig hin und her, mindestens jede Stunde ihre Mails checkend. Sie hatte inzwischen sogar eine Webmail-APP auf ihr Smartphone installiert, damit sie auch beim Einkaufen oder Elternabend...

Dabei wusste sie genau, dass jeder Blick ins leere Postfach weh tat, aber so war zumindest einmal die Stunde einen Moment lang so etwas wie Hoffnung da.

Dieses blöde Gefühl, das sich immer weniger verdrängen ließ: Ihm hatte dieser Abend mit ihr nichts Besonderes bedeutet. Es hätte genauso gut jemand andere sein können. Tanja war halt die Betrunkenste gewesen. Die Einzige, die vom Stuhl fiel... War es nur Pflichtgefühl gewesen, als Arzt, als Gentleman? Hätte er lieber jemand andere begleitet? Jemande die noch etwas brauchbarer gewesen wäre?

War er womöglich sogar noch mal zurück gegangen? Vielleicht hatte er Nicole auch noch nach Hause gebracht und mit der dann wirklich... und hatte das sogar gut gefunden? Saß er jetzt vielleicht zuhause und dachte an Nicole und schrieb der lange, schmachtende Mails?

Sie wusste, dass sie das eigentlich nicht glaubte, aber die Gefühle waren genauso beschissen, als wenn sie es gewusst hätte...

Fast noch schlimmer als die beschissenen Gefühle waren die Gefühlsschwankungen. Sie hörte zufällig ein kitschiges Liebeslied und auf einmal ging es ihr richtig gut; fast euphorisch. Was für ein Abend! Er war zu ihr gekommen! Er hatte sie angestrahlt. Er hatte sie geküsst! Sie schwelgte in Erinnerung, sang laut mit und stand plötzlich vor einer verschlossenen Tür:

Kurz nach neun und Leffers machte erst um zehn Uhr auf.

Kein Drama. Nichts Bestimmtes, was sie hatte einkaufen wollen. Vor allem: Keinerlei Bezug zu Dexter oder dem Abend!

Und doch war auf einmal die komplette Euphorie völlig weg und der Gewissheit gewichen:

Seit zwei Wochen geht alles schief und das wird jetzt auch immer so bleiben. Die gleichen Lieder, die sie eben noch fröhlich mitgesungen hatte, konnte sie jetzt nicht mehr ertragen.

Sie schaltete den iPod aus.

Die Zeiten, wo ihre Gefühle wenigstens so getan hatten, als würden sie irgendeiner Logik folgen, waren endgültig dahin.

Eine künstlerisch durchaus inspirierende Zeit. Viele Lieder, die sie lange schon nicht mehr so intensiv gehört hatte, sie tanzte seit Ewigkeiten wieder voller Leidenschaft, wenn niemand im Haus war, auch schon mal mit ihrer Decke.

Sie begann sogar wieder zu malen und Geschichten zu schreiben. Das hatte sie zuletzt als Teenager gemacht. Mehrmals fing sie an, Sport zu treiben, um Dexter das nächste Mal deutlich schlanker zu begegnen, doch dann kam der nächste Stimmungsumschwung mit Fressattacke und sie wog mehr als vorher.

Sogar der Sex mit Bernhard war mehrmals richtig gewesen, weil sie sich Dexter so gut wie lange nicht mehr vorstellen konnte. Mann hatte keinen Unterschied gemerkt.

Ach, wenn ich nur wüsste, was du fühlst, ob ich dir vielleicht auch Inspiration bin?

War ihm sowas wie Freundschaft und Liebe überhaupt wichtig oder stand das Retten der Welt im Vordergrund? Sie wusste eigentlich überhaupt nichts von ihm.

Hat er es bereut? Ist ihm die Erinnerung peinlich? Weiß er überhaupt noch viel davon? War er vielleicht auch so betrunken gewesen, dass er mich schon wieder mit Nicole verwechselt hat? Aber dann die Mauer! Ging es ihm vielleicht schlecht? Habe ich ihn im Stich gelassen?

Denn manchmal machte sie sich Sorgen. Er hatte von einem früheren Kollegen erzählt, der Selbstmord begangen hatte. Sollte das ein Hinweis gewesen sein? War sie seine letzte Hoffnung gewesen, so verzweifelt wie er auf der Mauer saß. War das vielleicht gar keine reale Person gewesen auf dem Bahnsteig? Hatte sein Geist ihr hinterher geschaut?

Ach, Quatsch! Hör auf!

Tanja war es gewohnt zu gehorchen, und hier nahm sie ihr eigenes Verbot, diesen Gedanken zu Ende zu denken, dankbar an... Aber trotzdem:

Hatte er einfach nur einen guten Freund gebraucht, jemand zum Reden? Und sie hatte ihn mit dem Kuss überfallen und ihn fast in den Park gezerrt und war zu betrunken gewesen, um richtig zuzuhören... Hatte er jemand?

Ich wäre so gern dein Jemand!

Hätte sie doch nur den iPod angelassen! Da war es schon wieder: *...do you ever think of you and I?*

Ging das denn gar nicht mehr weg? Sie hatte doch jetzt schon so viele andere Lieder laut oder über Kopfhörer gehört und mitgesungen. Dieser Ohrwurm wollte einfach nicht verschwinden.

Tanja kaufte Ohrenstäbchen bei Rossmann. Wenigstens der hatte schon auf. Es half nichts.

Hatte Dexter in den letzten Wochen jemals noch an diesen Nachhauseweg mit ihr gedacht? War sein Leben seitdem auch anders?

Mein Leben ist reicher seit zwei Wochen... so viel steht fest.

So lange, so intensiv ein paar wenige Augenblicke vor Augen wie die Umarmungen und vor allem mein Gesicht in seinen Händen, das hatte ich noch nie. Eine ungeheuer eingebrannte und womöglich prägende Erinnerung, eine wunderbare Inspiration für viele Träume und doch:

Ich kann sie nicht genießen, weil ich nicht weiß, was er fühlt, was er denkt.

Komplett ratlos mal wieder, was die Gefühle anderer angeht. Ich bin zurück in meiner Pubertät... Spannend, aber auch ausgesprochen beunruhigend. Immer noch die gleichen Probleme! Dass man in niemanden reingucken kann! Dass man nie wirklich weiß, was der andere von einem denkt.

Ich werde irgendwann von der Erde gehen, ohne das Gefühl, irgendetwas wirklich genau zu wissen, irgendetwas wirklich richtig verstanden zu haben. Kein Gefühl eines anderen Menschen, dessen ich mir sicher sein werde...

Wahrscheinlich werde ich mir nicht mal meiner Gefühle wirklich sicher sein...

Liebe ich ihn? Wenn nicht, dann nur ganz knapp darunter... und doch: Ich kam fünfundzwanzig Jahre ohne ihn ganz passabel zurecht..

Vielleicht doch eher die Hormonumstellung, Midlife-Crisis? Vielleicht auch ich bei jedem anderen? Hätte mich Martin nach Hause gebracht? Nein. Nein! Nein!!! Bei niemand anderem hätte ich Farben gesehen! Wenigstens das sicher.

Das Unwirklichste an dem Abend: Dass er gerade mich ausgesucht hat! Wir hatten in der Schule so wenig miteinander zu tun, ich war immer so langweilig, und doch ist er ausgerechnet zu mir gekommen und war die meiste Zeit bei mir. Jeder redete gerne mit ihm. Alle hatten mehr zu sagen als ich. Er war schon immer in, ich war immer out... Er blieb bei mir...

War ich wirklich etwas Liebes für ihn? Etwas Besonderes?

Wenn ich es gerade mal glauben kann - Glück. Großes, warmes, wunderbares Glück!

Doch dann wieder: Es war nur Zufall, dass er den Abend ausgerechnet bei mir war, oder halt, weil ich früher am besten zuhören konnte und er so viel zu erzählen hatte.

Und der Nachhauseweg: Bei allen anderen hätte er auch liebe Sachen gesagt. Bei bestimmten anderen mehr und zum Schluss mehr Initiative... und dann ist es wieder da, wie schon so oft, wie früher immer:

Ich bin ein Nichts. Ich weiß nichts. Niemand will mich wirklich wissen.

Ich bin, wenn überhaupt, mal gerade ein Trostpreis. Das, was im Kühlschrank dauernd liegen geblieben ist, weil niemand Appetit hatte, und dann guckt jemand mit wirklich Hunger rein und es ist nichts Anderes da und beißt in mich und sagt zufrieden: „Schmeckt." Ohne mich darüber aufzuklären, dass so viele andere Speisen jetzt noch viel besser geschmeckt hätten...

Leffers machte endlich auf. Tanja ging nicht hinein. Sie hockte sich auf den Bürgersteig, starrte erst ins leere Postfach und dann nur noch ins Leere...

- 19 -

Da!!!!!!
Diesmal keine Spam. Endlich Post von Dexter!

Tanja hatte ihm gestern doch noch einmal, in ziemlich angeschickertem Zustand, ein paar sehr schmachtende Zeilen geschrieben...

Tanja sortierte automatisch ihre Haare, atmete tief ein und öffnete mit zitternden Fingern und hohlem Bauch die Mail.

...

Jetzt wäre tatsächlich mal eine passende Gelegenheit gewesen, sich zu übergeben...

So einen Tritt in den Magen hatte sie wohl noch nie bekommen...

Mehrmals machte sie die Augen zu und schüttelte den Kopf, aber jedes Mal wenn sie es aufs Neue las, stand der gleiche Text da:

- Kannst Du bitte damit aufhören und mich endlich in Ruhe lassen!!! Du nervst!!!

Plötzlich war da nicht mal mehr Schwarz-Weiß. Alles um sie wurde dunkel, als würde sie ohnmächtig, aber sie war bei vollem Bewusstsein, spürte furchtbaren Schmerz, aber sah nichts mehr, genauer gesagt halt nur Schwarz, nein, jetzt langsam sickerten Grautöne unscharf wieder ins Blickfeld, der Monitor blassgrau schimmernd in einer schwarzen Umgebung, dann auf einmal alles furchtbar hell, als wäre da nur noch Weiß.

Oh Gott, sie hätte um Hilfe rufen müssen, irgendwas lief da in ihr ab. Fühlte sich so womöglich ein Schlaganfall an? Starb sie vielleicht? War das Helle schon der Eingang zum Himmel?

Sterben... Ja, das schien jetzt verlockend. Schnell weg von hier, bevor die ihr viel zu vertraute Denkmaschine gleich loslegen würde...

Doch es war zu spät. Sie lebte, das Bild kam langsam wieder, sehr grau, aber sie konnte wieder sehen, blasses Schwarz und Weiß, alles übertönt vom Lärm des gebrochenen Staudamms in ihr. Eine Flut von Selbstgesprächen und Vorwürfen brach über sie herein.

Wie hatte sie jemals glauben können? Irgendwo hörte sie Janet laut lachen...

Es gab kein Entrinnen. Tanja versuchte noch schnell vergeblich, sich mit Alkohol zu betäuben.

Oh hättest du mich doch in Ruhe gelassen! Ich war doch jahrelang nicht unzufrieden. Also nicht zufrieden oder glücklich, aber es war gefühlsmäßig alles ruhig und ausgeglichen, schmerzfrei. Alle Emotionen gezähmt und unter Kontrolle. Alles war sortiert und an seinem Platz. Jetzt... Kurzzeitig in die Lüfte gehoben, Fliegen, Schweben, Träumen und dann, nach der Bruchlandung, Schmerzen ohne Ende.

Gedankenwirrwarr, Phantasien und Träume, was hätte sein können. Das ganze Leben ist vom Konjunktiv verseucht. Es ist wieder alles so anstrengend geworden. Die Emotionen laufen frei herum und machen Lärm und Dreck...

Tanja kam sich besudelt vor. Als wäre sie von ihren falschen Hoffnungen missbraucht worden...

Gut, dass sie Bernhard noch einen langen Film empfehlen konnte, den er sich anschaute, während sie ins Bett ging und heulte. Die Inkontinenzunterlage musste einen wirklichen Härtetest bestehen.

Die nächsten Tage stand Tanja völlig neben sich. Das Essen brannte an, sie verschlief und Max kam zu spät zur Schule. Auch beim Tanzen konnte sie sich nicht mehr konzentrieren.

Sie beförderte Tim zum Vize-Chef, der jetzt alle Kurse übernahm. Da Bernhard immer noch die Buchhaltung erledigte, hatte sie nun viel Zeit, die sie überwiegend dazu nutzte, um trübsinnig in die Gegend zu starren und stupide Dinge zur Ablenkung zu machen.

Sie meldete sich auf Facebook an, obwohl sie vorher immer darüber gelästert und Max davor gewarnt hatte. Als sie nach einer Woche bereits siebenundzwanzig Freundschaftsanfragen hatte, keimte sogar wieder so etwas wie ein Hauch von Selbstbewusstsein in ihr auf.

Wirklich freute sie sich über den achtundzwanzigsten Freund: Martin war auch auf Facebook und hatte sie gefunden. Auf seine Anfrage hin fing sie an, Farmville zu spielen. Pflanzen, Ernten, Tiere großziehen und füttern, Häuser bauen, Aufgaben erfüllen. Tanja verbrachte Stunden vor dem Computer mit dem Gefühl, etwas Sinnvolles zu tun. Sie stand sogar morgens früher auf, um noch schnell zu ernten und Rezepte anzusetzen, bevor sie Frühstück im *Real-Life* machte.

Während Tanja völlig neben der Spur fuhr, machte Bernhard eine erstaunliche Entwicklung: Nachdem Tanja die ersten Nächte nach der Bauchtrittmail einige Male im Schlaf geschrien und unruhig um sich geschlagen hatte, fing er an, sich um sie zu kümmern. Also, zumindest für seine Verhältnisse. Er fragte, was los sei. Tanja erzählte etwas von Problemen durch die wohl losgehende Hormonumstellung und Bernhard nahm sie zwischendurch mal ohne Aufforderung in den Arm, holte auch die Gitarre wieder vom Dachboden, auf der er ganz am Anfang der Ehe öfter gespielt hatte und die Tanja so gern gehört hatte. Er übte geradezu verbissen und einmal brachte er Tanja sogar Blumen mit. Wenn das bei ihm die Folgen seiner Hormonumstellung waren, dann fand Tanja sie gar nicht schlecht.

Alles war gar nicht schlecht. Vielleicht hatte sie bloß erst mal begreifen müssen, dass die großen Träume alle Unsinn sind und dass man mit den kleinen Realitäten durchaus auch glücklich sein kann, wenn man endlich mal diese übertriebene Erwartungshaltung überwunden hatte.

Sie hatten jetzt auch wieder öfter Sex. Und auch der war nicht schlecht. Eigentlich war das Alles gar nie schlecht gewesen!

Sie waren immer noch zusammen, er hatte sie nie betrogen, behandelte sie höflich, ab und zu ein nettes Wort, auf Nachfrage eigentlich immer, stets bemüht sozusagen, nicht motiviert aber bemüht...

Es gibt so viele gescheiterte Ehen, alleinerziehende Mütter oder Väter in der Schule, Männer die ihre Frauen schlugen oder demütigten, viele die fremdgingen. Selbst Tanja hatte schon einmal ein eindeutiges Angebot von einem verheirateten Vater eines Mitschülers von Max bekommen.

Es war wahrlich nicht das, was sie sich immer erträumt hatte. Aber es war immerhin kein Drama, nicht gescheitert, halt nur ein kleines Glück, immerhin.

Wenn sie sich umschaute: Niemand hatte das wirklich große Glück. Alle, die sie näher kennengelernt hatte, waren irgendwie ein bisschen glücklich und gleichzeitig anderswie unglücklich, unzufrieden, suchend, resigniert...

Meine Güte, sie hatte halt nicht im Lotto der Gefühle gewonnen und konnte nicht in Saus und Braus leben. Aber immerhin doch gesichert und in Ruhe. War das nichts?

Ach Tanja, dein Leben ist halt kein Mercedes-Cabrio, aber immerhin ein solider Mittelklassewagen, der bisher ohne große Pannen durch die Jahrzehnte gefahren ist...

Für das große Glück sind Bücher und Filme gemacht worden... Das ist alles Fiktion! Sieh es endlich ein!

- 20 -

Tanja erntete gerade Weizen auf ihrer Farm, als in der Facebook-Zeile unter Freundschaftsanfragen eine „1" aufleuchtete.

Tanja säte noch Roggen und erntete Kürbisse, bevor sie die Anfrage öffnete.

Eine Freundschaftsanfrage von Dexter Flemming?

Tanja blieb die Spucke weg.

War dieser Mann ernstlich krank? Machte es ihm einfach Spaß, ihr weh zu tun? Sie immer wieder in die Lüfte zu heben, nur um ihr danach beim Fallen zuzuschauen?

Oder vielleicht... Schizophrenie? Jekyll und Hyde?

Gab es das tatsächlich, dass er vielleicht gar nicht wusste, was er getan und geschrieben hatte? Sie hatte mal von jemandem gelesen, der im Suff - oder war es Hypnose gewesen? – jedenfalls, wenn er weggetreten war, ganz viele Sprachen sprechen konnte, von denen er im wachen Zustand nichts wusste und keiner konnte erklären, woher er sie überhaupt kannte.

Tanja klickte Dexters Profil an, aber es war nur für Freunde einsehbar.

Ne Dexter! Ganz bestimmt nicht dein Freund! Wohl eher dein Opfer...

Verärgert schloss sie Facebook und googelte Schizophrenie.

Tanja starrte die nächsten zwei Tage immer wieder auf die Freundschaftsanfrage und hatte dabei Nicoles verächtlichen Blick vor Augen und Janets Lachen im Ohr.

Das hatte sie in der Pubertät auch oft gehabt, und es hatte ihr gar nicht gefehlt: Das Gefühl, dass die ganze Welt sich um sie drehte, aber leider nur, um sich über sie lustig zu machen...

Jeder Mensch hat seine Bestimmung auf dieser Welt und ich bin die Loserin.

Am dritten Abend, nach reichlich Merlot, gewann dann doch die Neugier die Oberhand und in einem von ihrem Verstand unbeobachteten Augenblick nahm sie die Freundschaftsanfrage an.

Bevor sie es schaffte, in Ruhe sein Profil anzusehen, kam schon eine Nachricht vom ihm:

- mensch tanja! ich dachte schon, ich müsste wieder 25 jahre warten, bis du dich meldest. alles in ordnung bei dir?

Tanja ging erst mal auf Toilette... Das konnte doch jetzt nicht wahr sein!

Verarschte er sie? War er wieder betrunken? Liebte er sie betrunken und war nüchtern nur angenervt von ihr? Vielleicht so zugedröhnt, dass er nicht mehr wusste, was er geschrieben hatte?

Das musste jetzt ein für allemal geklärt werden! Sie spülte ab, ging zur Tastatur und tippte ärgerlich ein:

- Dexter! Sagt Dir das was: Kannst Du bitte damit aufhören und mich endlich in Ruhe lassen!!! Du nervst!!!

Längere Zeit geschah nichts. Tanja hatte das befriedigende Gefühl, zurückgetreten zu haben. Sollte er sich ruhig eine Weile auf dem Boden krümmen.

- ?... tschuldigung. was meinst du?

Hm. Das war jetzt nicht das, was sie erwartet hatte. Was hatte sie erwartet? Jedenfalls nicht, dass er der nächste alte Mann war, dem man alles zweimal sagen musste...

- Also, ich fand das recht deutlich.

- ja, das ist deutlich, aber... ist ok. wenn du willst, natürlich. aber verrätst du mir bitte noch warum, weil... habe ich irgendwas falsch gemacht?

Etwas falsch gemacht?!? Ha!

Vielleicht war er wirklich schizophren?

Gut, dann werde ich dich jetzt mal über dein anderes Ich aufklären!

Tanja schickte ihm einen Screenshot von seiner Mail.

Seine Antwort ließ diesmal nicht lang auf sich warten, war aber noch weniger verständlich.

- ☺

Das fand er lustig?!? Tanja hätte beinahe ihren Bildschirm gehauen...

Er schrieb schon weiter:

- ich wusste gar nicht, dass es auch einen dex58 gibt. was hast du ihm denn genau geschrieben? würde mich als dex68 wirklich interessieren...

Tanja starrte auf den Bildschirm, starrte auf den Screenshot, lief zu ihrem Nachttisch, kramte den Zettel mit seiner Mailadresse raus... In der Tat. Gefaltet sah das ein bisschen wie eine 5 aus, aber glatt gestrichen...

Dexter hatte schon weiter geschrieben, als sie auf zittrigen Beinen zum Computer zurück kam.

- also, meine liebe tanja: erstens seh ich zwar uralt aus, bin aber 68 geboren, genau wie du, und ansonsten schwör ich dir heute feierlich: solltest du mir je auf den nerv gehen, werde ich es dir sagen, aber netter, und ich fürchte: du wirst mir nie auf den nerv gehen...

- Es tut mir soooooo leid!!!

- vergiss ess! ich freu mich wirklich, dich gefunden zu haben! alles auf anfang!

- Ja! Danke.

- also, was hast du, wem auch immer, denn geschrieben?

- Ach, nur dass ich gut angekommen bin und so...

- und dafür wirst du so angemotzt?

- naja, vielleicht auch noch, dass ich Dich gern mag...

Ruhe bewahren Tanja! Jetzt nicht wieder den Fuchs umschmeißen, ganz langsam näher kommen...

- ich habe dich auch ganz furchtbar sehr gern tanja bauer, ich mochte dich schon gern, als ich dich das erste mal gesehen hab.

- Ach was, Du hast mich nie beachtet

- quatsch, was meinst du, warum wir so viele kurse gemeinsam hatten? ich habe mich erkundigt was du hattest und hab getauscht.

Tanja wurde es sehr, sehr warm in der Magengegend. Ja, es stimmte. Sie hatten fast jeden Kurs zusammen gehabt und sie hatte sich gewundert, warum er Philosophie und Literatur gewählt hatte, obwohl er offensichtlich nicht sonderlich interessiert an den Themen war... Sollte er wirklich? Nein. Einen Trumpf hatte sie noch:

- Soso... Und dann verwechselst Du mich beim Abiball mit Nicole?

Die Stille war drückend. Was würde jetzt kommen?

Natürlich war die ganze Zeit Stille beim Chatten, außer Tastengeklapper und ab und zu einem Seufzen... *Oh! Dexter schreibt etwas.*

Wenn diese Meldung verschwand, dauerte es auf ihrem Computer immer eine Sekunde, bis der Text erschien. Diesmal kam es ihr vor wie mehrere Minuten.

Hatte sie wieder alles kaputt gemacht? Musste sie nach all den Jahren immer noch darauf herum hacken?

- tanja? hast du meine briefe nie gelesen?

Tanja starrte die Zeile an. Bis jetzt waren sie erfrischend ehrlich gewesen. Das wollte sie eigentlich nicht ändern...

- Nein. Welche Briefe?

Oh Gott. War diese Lüge irgendwie aufrecht zu erhalten?

- du willst nicht wirklich behaupten, du hättest keinen einzigen bekommen! ich habe 23 geschrieben, bevor ich aufgegeben habe...

Dreiunzwanzig? Tanja hatte nur vierzehn gezählt. Hatte ihre Mutter sie wirklich ungeöffnet zerrissen, ohne ihr etwas zu sagen? Sie hatte zwar immer wieder darum gebeten, es aber eigentlich nie gewollt...

- Hattest Du vielleicht eine falsche Adresse?

- ach tanja, ich kannte deine adresse schon in der 7. klasse auswendig.

Wenn sie ihn nur sehen könnte! Wahrscheinlich hätte auch das nichts genützt. Er wurde bestimmt nicht rot beim Lügen. Dagegen war sie bestimmt schon wieder voll errötet vor Scham darüber, dass sich alles in ihr wünschte, es wäre wahr, was da auf ihrem Bildschirm stand...

Und wenn er vielleicht wirklich...

- Quatschkopf!

- doch, ehrlich. also, falls du es wirklich noch nicht weißt, hier die kurzversion: ich wollte dir damals nur sagen, dass mir nicole irgendwas in meinen drink gemischt haben muss.

Tanja starrte auf den Bildschirm. Dexter hatte fünfundzwanzig Jahre Zeit gehabt, sich bessere Ausreden auszudenken. Aber... weswegen sollte er sich überhaupt welche ausdenken, wenn er nicht wirklich was von ihr wollte? Weswegen hatte er sich überhaupt wieder gemeldet? Wenn das vielleicht alles gar nicht Ausreden waren? Wenn er sie wirklich schon damals irgendwie ein bisschen gemocht hatte... Gar mehr?

- Wirklich schon in der 7. Klasse?

- ja... ich bin oft mit dem rad vorbeigefahren und hab mir gewünscht, du wärst draußen und würdest mich sehen... ...und als du wirklich einmal draußen warst, hab ich schnell umgedreht, weil ich mich nicht getraut habe...

Hatte er vielleicht ein Buch neben sich liegen, aus dem er das abschrieb? Das konnte er sich doch nicht so schnell ausdenken. Womöglich ihr Tagebuch? Sie war auch oft bei ihm vorbei gefahren.

- Ehrlich?

- ja... ♥

Tanja spürte einen heißen Schwall Zartbitterschokolade in jeder Ader und endlich hörte sie auf sich zu wehren. Da war ein rotes Herz auf dem immer bunter werdenden Bildschirm!

- Ich hab Dich auch schon immer sehr gern gehabt... Wie macht man diese Herzchen?

- < und dann 3 und dann enter drücken...

- ♥

- ♥

- Cool. Mein erstes Herz hier. Nur für Dich!

- bist du eigentlich alleine vorm computer?

- Nein. Mein Mann sitzt mir gegenüber und schaut Fernsehen. Aber der kriegt nichts mit, darfst ruhig weiter Herzchen schicken. Ich glaub er würde auch nicht mitbekommen, wenn wir hier wilden Cybersex hätten...

- hm... vielleicht bekommt er ja auch nicht mit, wenn du mal kurz weggehst und nach wedel fährst? ist nur ein paar minuten mit der s1. ich mach schon mal einen merlot auf...

Tanja überlegte tatsächlich einen Moment, ob das irgendwie zu machen wäre. Natürlich musste Bernhard ausgerechnet jetzt aufstehen. Es war Werbeunterbrechung und er verschwand Richtung Toilette und noch ein Bier holen. Nein. Das würde nicht funktionieren...

- Das wär toll. Aber ich glaub, dass würde ihm doch auffallen. Dann müsste ich mich ja wieder anziehen.
- du bist nackt?!?
- Nein!!! Aber ich hab nur noch mein Nachthemd an...
- hört sich auch gut an. dann komm ich halt vorbei und du wärmst das bett schon mal vor... ☺

Tanja war es überall heiß. Die Wangen glühten und sie war überzeugt, dass Bernhard etwas merken musste, als er jetzt wieder an ihr vorbei ging, aber er sah weder ihre leuchtenden Wangen noch die harten Brustwarzen unter dem Nachthemd...

- Ach, das wär schön, aber ich fürchte, Bernhards Film ist gleich zu Ende. Außerdem muss ich früh raus. Aber ich nehme Dich gerne in Gedanken mit. Das muss für heute reichen... ♥
- aber vielleicht... irgendwann?
- Ja!!!!!!
- ☺

- Oha! Dir auch einen Kuss. Wie man den macht, erklärst Du mir morgen, ja? Bist Du morgen wieder hier?
- ich freu mich drauf!

- Ich auch. Schreibst Du eigentlich nie etwas groß?

- nein. so und jetzt lass dich mal kräftig drücken!

- Ich drück Dich auch!

- praktisch, dass du nur noch ein nachthemd an hast. das fühlt sich gut an...

- Warum bist Du eigentlich nicht über mich hergefallen, als Du mich nach Hause gebracht hast?

- tanja, du hattest auf der feier relativ nüchtern gesagt, dass du glücklich verheiratet bist... da konnte ich doch nicht deine trunkenheit ausnutzen...

Männer sind immer nur Gentleman, wenn man es nicht gebrauchen kann...

Dexter schrieb schon wieder etwas...

- du glaubst gar nicht, wie gerne ich das gemacht hätte...

- Du glaubst gar nicht, wie wunderbar ich das gefunden hätte!

- weißt du was... es ist noch schön warm draußen. wie wär's, wenn wir nicht ins bett sondern an den strand gehen?

- Oh ja, geniale Idee! Es sollen viele Sternschnuppen heute Nacht runter kommen.

- na das passt doch! leg einfach deinen kopf in meinen arm, spür den warmen sand und warte auf die schnuppen und dann wünsch dir das richtige!

- Ja. Das mach ich. So werde ich wunderbar einschlafen können!

- schlaf gut und träum was schönes! ❤

- Du auch... ❤

-21-

Völlig eingewickelt in die Dexter-Decke hatte Tanja so gut geschlafen wie seit Jahren nicht mehr. Dass sie morgens fröhlich aus dem Bett hüpfte... nein, auch nach längerem Überlegen: Das war ihr vorher noch nie passiert.

Sie war sonst ein Morgenmuffel vor dem Herrn. Also, eigentlich eher nach dem Herrn. Der stand sicherlich deutlich früher auf...

Tanja ging in den Garten und wurde von der Intensität der Farben fast umgeworfen. Ein bisschen Herbst war schon in den Blättern und sie konnte sich kaum satt sehen an den vielen verschiedenen Farbtönen. Sie war sich sicher, dass da deutlich mehr helle Farben als früher waren.

Ein grauer Stein dazwischen erschien ihr wie ein augenzwinkernder Gruß aus einer fernen dunklen Zeit.

Am liebsten wäre sie sofort zum Meer gefahren, um endlich wieder das einzigartige Blau zu sehen.

Ach, und all diese wunderbaren Farben und Gefühle mit Dexter teilen.

Mit ihm am Strand, Hand in Hand. Sie musste lachen. Das war weder gekonnt gereimt noch wirklich lustig, aber Tanja hätte wahrscheinlich noch über den Politikteil des Abendblatts lachen können. Es war doch alles so leicht und hell und bunt, wie konnte sie nicht lachen, wie konnte sie nicht voller Vorfreude in den Tag gehen? Was zuerst? Sie wollte alles auf einmal und das Wunderbare:

Vorher waren ihr zwei zu erledigende Aufgaben wie ein unbezwingbarer Berg vorgekommen und sie war schon beim Gedanken, eine Sache tun zu müssen, erschöpft gewesen. Jetzt fühlte sie wieder - *Wieder? Wann denn bitte schon mal?* - diese Leichtigkeit des Seins, dieses endlose Meer an Möglichkeiten, das vor ihr lag, das Leben, das gelebt werden wollte...

Nein. Das Leben war nicht zu Ende. Es ging womöglich das erste Mal richtig los.

Nach einer Stunde im Garten waren die Augen endlich satt, dafür bekam der Bauch jetzt Hunger. Tanja machte sich zwei Toast-Hawaii und fuhr ihr Laptop hoch.

Dexter war nicht online, aber er hatte letzte Nacht noch etwas geschrieben:

- liege jetzt schon eine weile neben dir am strand und fühl mich sauwohl... leises wellenplätschern... sternenhimmel... du bist eingeschlafen und ich kann verstohlen durch deine haare wuscheln... eine sternschnuppe... welch eine verschwendung jetzt... bin gerade wunschlos glücklich...

Das Schwierigste an diesem Tag war, nicht laut zu jubeln, wenn gerade jemand in der Nähe war.

Sie platzte fast vor Freude und jetzt hätte sie sich eine wahre Freundin gewünscht, der man alles erzählen konnte, aber ihr fiel niemand auch nur ansatzweise Vertrauenswürdiges dafür ein. Nein. Das waren Dexter und sie, ganz alleine, ihr kleines wunderbares Geheimnis.

Tanja war furchtbar nervös, ob womöglich am Abend jemand etwas von ihr wollte, aber auf ihre beiden Männer war Verlass: Niemand störte sie, als sie sich an das Laptop setzte. Sie hatte am Tag bereits einige Abiball-Bilder digitalisiert und nun als Desktophintergrund eingerichtet. Die Farm musste heute warten. Dexter war schon online.

- hallo mein schatz! wie war dein tag?

- Genial! Wunderbar!! Extase!!! Nein. Tut mir leid. Ich hab untertrieben. Er war noch deutlich besser!!! ☺

- hihi... meiner auch. ☺

- Och menno! Ich will Dich auch küssen!!!

- ...dafür drückst du erst : dann *

- ☺

- ☺

- ☺ ☺

- ☺ ☺ wie man das auch mit zunge schreibt, habe ich noch nicht rausbekommen...

- Du willst mir die Zunge rausstrecken? Also... Oh! Moment! Ehemann im Anflug...

- So, jetzt geht's wieder. Wo waren wir stehen geblieben?

- ☺ ☺

- ☺ ☺

Tanja wibbelte unruhig auf dem Stuhl hin und her, trank ab und zu einen Schluck Wein und wünschte, sie wäre alleine und könnte laute, ausgelassene Musik hören und mitschreien. Stattdessen hatte sie bei jedem sehnsüchtigen Seufzer Angst, Bernhard würde etwas bemerken. Nein, Aufmerksamkeit wäre aktuell kein guter Charakterzug bei ihm gewesen.

Immer wieder machte sie kurz den Desktophintergrund in den Vordergrund und streichelte Dexters Bild sanft über die Haare... Das Bedürfnis, den Bildschirm zu küssen, zum Glück nur schwach ausgeprägt, aber sie würde trotzdem die Oberfläche demnächst mal grundreinigen müssen...

- ❤
- ❤

- ach, ich könnt mich stundenlang so mit dir unterhalten, aber bevor wir dabei die wichtigste frage wieder vergessen: wann kann ich dich wiedersehen?!?

- Dafür schlägst Du Seite 34 im Abiheft auf...

- tanja! zwing mich nicht zum äußersten. gleich schreib ich irgendwas groß!!!

- Das will ich sehen!

- Irgendwas!

- Oha. Das ist ja wirklich angsteinflößend. Okay... Ich werde zwar vor Sehnsucht bis dahin sterben, aber ich glaube, wir sollten nächsten Samstag nehmen, da sind Bernhard und Max bei meiner Schwiegermutter und wir hätten richtig viel Zeit!

- das passt hervorragend, bin die woche viel unterwegs, aber samstag wäre prima! soll ich zu dir kommen, wenn du sturmfreie bude hast?

- Besser nicht. Wir haben neugierige Nachbarn. Geht's bei Dir?

- jo. kein problem. wohne ziemlich weit ab. ich hab einen kamin und leckeren merlot. brauchst du sonst noch was?

- Eigentlich brauche ich nur Dich. ❤

Es dauerte diesmal etwas länger bis zur Antwort...

- tschuldige, musste erst ein paar purzelbäume schlagen...

- Ich will ja nicht aufdringlich sein..., aber... Max und Bernhard sind bis Sonntagabend weg...

- ...oh tanja, hör auf, mehr purzelbäume schaffe ich gerade nicht... ♥ also... ich kann dir einen weichen teppich vor dem kamin, ein gemütliches sofa oder ein schmales bett im schlafzimmer anbieten. am liebsten natürlich wieder am strand, aber ich glaub das wetter soll nicht so toll werden...

- Na, da probieren wir doch einfach bis Samstag mal alles durch. Wohin legen wir uns heute Nacht?

- hm. der kamin ist noch nicht an. wir fangen mal ganz konservativ im schlafzimmer an... möchtest du lieber am fenster oder an der tür?

- Ich schlaf am liebsten auf der linken Seite und Du dann hinter mir, ja? Du auf mir und unter mir haben wir ja schon probiert... ☺

- ja. wäre sicher noch mal einen neuen versuch wert, aber ich liebe löffelchen. ich stecke meine nase in deine haare und schmiege mich ganz nah an dich... dann bekommst du überall sehr viel wärme...

- Mhhhhhh. Das fühlt sich gut an... Och nö, schon wieder dieser Mitbewohner hier... Sorry! Moment...

Ach, wenn Bernhard nur nicht so viel trinken würde! Er musste schon wieder aufs Klo.

Tanja öffnete zur Sicherheit doch noch Farmville... Hups! Die Tomatenpflanzen waren verdorrt...

Tatsächlich kam Bernhard auf dem Rückweg bei ihr vorbei, um ihr mitzuteilen, dass das Klopapier bald alle sei. Tanja machte sich eine Notiz auf ihrem Einkaufszettel.

- Ich freu mich wahnsinnig auf Samstag, wenn wir mal ganz in Ruhe... tja, erzählen und noch vieles andere können...

Oh weh, in was hatte sie sich da wieder reingeschrieben? Sie freute sich auf so vieles, aber war der Fuchs schon so gezähmt? Alles lief gut gerade. Jetzt nichts übertreiben! Zum Glück hatte sie noch nicht auf „Enter" gedrückt. Sie löschte den Eintrag und schrieb etwas unverfänglicher:

- Ich freu mich wahnsinnig auf Samstag, wenn uns mal keiner stört...
- ich mich auch, meine liebe tanja. geh doch einfach schon ins bett. ich leg mich jetzt auch hin und werde sehr angenehm und intensiv an dich denken...
- Das mach ich. So werde ich wunderbar schlafen. Gute Nacht!
- gute nacht und schöne träume! ich freu mich riesig auf uns, auf noch ganz viele male wir...!
- Ich freue mich auf jede Minute und Sekunde mit dir!!! Schlaf schön! Ich wünsch Dir wundervolle Träume!

- 22 -

Die fünf Tage bis zum anvisierten Treffen trieb Tanja Sport, nahm drei Kilo ab und erledigte lange liegengebliebene Arbeiten. Sogar die Nacht war bunt! So viel nachzuholen, nicht nur bei den Farben.

Sie hatte nun doch ein neues, kleines, abschließbares Tagebuch gekauft und saß damit am Abend am Küchentisch. Zum wiederholten Male hob sie den Stift, schrieb ein paar

Worte auf das Papier, schüttelte den Kopf, starrte verträumt in die Gegend, strich die Worte durch, starrte verträumt in die Gegend...

Es war wahrlich nichts Neues, aber das letzte Mal halt doch so lange her, dass sie es vergessen hatte: Im akuten Glück kann man nicht schreiben. Nichts, was der Situation auch nur ansatzweise gerecht wird... Man sitzt nur da und durchsucht seine Erinnerungen: Gab es irgendeinen Film, ein Buch oder Musik, die dem gerecht wurde, womit man das hier vergleichen konnte? Nicht wirklich. Als Musik eventuell „Erwischt" von Grönemeyer.

Und dann wieder Dexter... Ein Schluck Wein, Starren in die Weite und alles innerhalb dieser Haut war warm und wohlig und aufgeregt und fühlte sich seit Jahren wieder jung und lebendig an.

Auf einmal waren da wieder Türen und Fenster, wo vorher nur Wände waren. Sie war wieder auf der Straße, selber am Steuer, nicht mehr auf den Schienen, die sie schon bis zum Horizont, bis zum Ende leiten zu schienen... (das klang cool aber falsch, doch sie fand den Fehler nicht...)

Ist das Leben denn wirklich noch so voller Möglichkeiten? Hört das womöglich nie auf?

Wieder dieses Brennen im Bauch und auf den Wangen, nur weil Dexter sich gerade auf Facebook eingeloggt hatte. Noch war gar nichts Besonderes gesagt. Gab es denn noch viel Besonderes zu sagen? Seit ein paar Tagen schon kuschelten und schmusten sie stundenlang. Es wurde immer schwieriger, neue geistreiche Worte zu finden, die ihr unglaubliches Glück und die Energie, die er ihr gab, beschreiben konnten.

Dafür wurde anderes leichter:

Anfangs war Tanja beunruhigt gewesen, dass ihr ganzes Leben noch einmal in Frage gestellt wurde - vorher war alles ordentlich sortiert und fest an seinem Platz gewesen. Durchaus ja eine Arbeitserleichterung, zu wissen, wo es hingeht. Wenn man auf Schienen fährt, muss man kaum noch wichtige Entscheidungen treffen – aber inzwischen machte es ihr großen Spaß, ihr Leben wieder selbst zu lenken...

Arbeit? Ach, so süße Arbeit!

Entscheiden, ob man im Gedanken wieder angekuschelt mit ihm unter der Decke in seinem Bett schläft oder doch wieder am Strand mit ihm liegt und nach Sternschnuppen Ausschau hält...

Warmer Sand, leises Wellenplätschern...

Das Leben ist genial!

Morgen war es endlich soweit. Die unbändige Vorfreude war einer leichten Unsicherheit gewichen... Ihrer Gefühle war sie sich sicher. Aber konnte ein Tag, eine Nacht auch nur ansatzweise ihren völlig unkonkreten, aber nicht gerade niedrigen Erwartungen gerecht werden? Und... Was für Erwartungen hatte Dexter an sie? Würde er irgendwann nach ein paar Stunden nicht doch feststellen, dass sie eigentlich ziemlich langweilig war? Nett, mit etwas Wohlwollen für ihr Alter auch ganz hübsch, aber...

Ach, keine Ahnung! Was habe ich ihm zu bieten? Ich fühl mich wohl in seiner Nähe, ob wir reden oder schweigen oder schmusen oder küssen, aber reicht ihm das? Und wenn ja, wirklich für die zwei Tage? Wenn wir miteinander geschlafen haben? Hat es ihm dann womöglich auch schon ganz gereicht? Soll ich lieber zurückhaltend sein? Wie gut hatte es der kleine Prinz, dass er Anweisungen bekommen hatte...

Tanjas Bauch spielte total verrückt. Gerade war sie das vierte Mal für ein ausführliches Geschäft auf der Toilette gewesen und hatte schon fast das Gefühl, dass es auch Vorteile hätte, wenn Dexter den Termin vielleicht doch noch absagte... Ihr war schwindelig, eben war sie sogar mit dem Türrahmen kollidiert, der an der gleichen Stelle wie immer stand... Alles eigentlich normal für Verliebte, aber in ihrem Alter?

Es ging ihr so ähnlich wie beim Trinken. Sie vertrug einfach nicht mehr so viel. Und jetzt: So viel Glück, so eine Möglichkeit, so ein Kribbeln, Vorfreuen, Abheben. Das ging alles mal problemloser, das hatte sie vor dreißig Jahren deutlich lockerer weggesteckt. Dieses dauernde Abwechseln von Hitzeschüben und Schüttelfrost. Das waren allerdings womöglich wirklich die Wechseljahre...

Am Samstagmorgen brachte sie Bernhard und Max zum Bahnhof. Max hatte vor drei Monaten den Führerschein mit 17 gemacht und fuhr schon richtig gut.

Nochmal nach Hause, kleine Korrekturen am Makeup, und doch die andere Bluse und noch eine kleine Eintragung in ihr Tagebuch:

In den nächsten Stunden entscheidet sich der Rest meines Lebens...

Ein seltsames Gefühl. Spannend und beunruhigend. Alles scheint möglich...

In fünf Jahren schaue ich auf diesen Tag zurück - kaum noch glaubend, dass ein anderes Leben, als dieses völlig logische, das danach passiert ist, möglich gewesen wäre...

- 23 -

Tanja fiel es schwer, ihre Füße still zu halten. Sie war so aufgeregt, dass sie eigentlich irgendetwas tun musste, am liebsten Tanzen, aber sie ballte nur die Fäuste und wartete, dass Dexter auf ihr Klingeln öffnen würde.

Er wohnte in einem kleinen alten Häuschen am Ende einer Sackgasse, dahinter kam Wald. Schöne Wohngegend. Zum alleine Wohnen wäre es für Tanja etwas zu einsam gewesen.

Sie hatte sich fest vorgenommen, sich ein bisschen zu zieren, falls Dexter zu schnell zur Sache kommen würde.

Aber wirklich nur ein bisschen. Zu langes Abwarten schien ihr riskant. Gerade hatte sie ihr unterschwellig schlechtes Gewissen gut betäubt, aber sie wusste nicht, wann es aufwachen würde.

Drinnen bewegte sich etwas auf die Tür zu.

Tanja strahlte Dexter an, als dieser die Tür öffnete und Dexter lächelte gequält zurück...

...

Tanja hatte keinen Spiegel vor sich, aber eine ziemlich genaue Vorstellung davon, wie ihr Gesichtsausdruck gerade von euphorisch und freudig erwartungsvoll in seinen Normalzustand: zurückhaltend und skeptisch, wechselte...

Was war los?!?

„Schön, dass du da bist."

Ohne Funkeln in den Augen, ohne Strahlen.

Sie drückten sich kurz und Tanja merkte deutlich, dass es ihm eher unangenehm war. Er hielt sie irgendwie auf Distanz. Sie wäre am liebsten sofort weinend weggerannt, aber vielleicht kam ja noch eine Erklärung, vielleicht wurde es besser, schlechter konnte es kaum werden. Vielleicht war er nur noch aufgeregter als sie selbst und musste sich gleich übergeben?

Oder hatte er was getrunken?

Tanja ging ins Wohnzimmer und setzte sich auf das Sofa, von dem Dexter geschrieben hatte.

Eher umgekehrt? Vielleicht hatte er noch nichts getrunken? Sie hatten sich bei Facebook immer abends geschrieben. Abiball, Abitreffen..., immer wenn es etwas netter geworden war, waren sie beide schon etwas oder auch mehr angeschickert gewesen. Benahm er sich jetzt so verdammt nüchtern, weil er nüchtern war?

Ach, lieber ein durchgehend volltrunkenes Leben mit ihm als ohne ihn... Oder doch nicht?

Mein Gott, sie war doch nicht hierhergekommen, um wieder endlose Diskussionen mit sich selbst zu führen!

Dexter setzte sich nicht zu ihr aufs Sofa sondern auf den Stuhl daneben. Kaum, dass er saß, stand er auch schon wieder auf.

„Magst du auch einen Tee?"

„Ja. Gerne."

Tanja hatte eigentlich eher mit einem Sekt oder Merlot gerechnet, aber das war nicht das Schlimme. Sie spürte deutlich, dass er froh war, dass er aus dem Zimmer verschwinden konnte.

Tanja zog den Spiegel aus ihrer Handtasche. Stimmte irgnedwas mit ihrem Aussehen nicht? Nach tagelangen Vorbereitungen, mit ihrer neuen Bluse, nach zwei Stunden Schminken? Zufrieden war sie, wie immer, nicht, aber doch überzeugt, dass nichts so schief gegangen war, dass es Dexters Verhalten erklären könnte. Irgendetwas anderes war...

Meine Güte, Dexter! Schütt dir was in den Tee und werd locker! Ich beiß dich ja nicht, auch wenn ich es am liebsten tun würde.

Tanja starrte zur Küchentür. Zu ihm gehen, ihn küssen. Initiative ergreifen, wo er offensichtlich überfordert war, oder würde sie es dadurch noch schlimmer machen?

Und ich dachte, ich hätte Probleme...

Dexter kam mit einem Tablett zurück, auf dem zwei dampfenden Tassen, Zucker und Milch standen. Er strahlte sie an. Tanjas eben noch bleischweres Herz hob sofort wieder vom Boden ab. Gesund konnte das alles nicht sein.

Obwohl, war das nicht das Kneipp-Prinzip? Waren Wechselduschen vielleicht auch für das Herz gesund?

Ich will nicht gesund! Ich will dich! Jetzt! Nach dem Tee zeigst du mir endlich das Schlafzimmer!

Stattdessen zeigte Dexter seinen Schlafzimmerblick. Seine Augen, die eben noch gefunkelt hatten, fielen jetzt fast zu.

Gute Güte, ich wusste, dass ich ihn langweilen würde, aber schon nach zehn Minuten und nur von meinem Anblick?

Sein Gesicht angespannt, als wäre ihm ihre Anwesenheit unangenehm...

Nicht dass sie sich sicher gewesen war, dass sie ihm große Freude bereiten würde, aber dass ihr Anblick ihm körperliche Schmerzen bereitete... - Sie hatte schon zu unpassenderen Zeiten gekotzt. Was war das hier?!?

Seine Augen auf einmal wieder weit offen, und einen Moment lang schaute er sich irritiert um, als wäre er das erste Mal hier. Dann blieb sein Blick auf Tanja hängen und er runzelte die Stirn.

„Tanja! Wie geht es dir?"

Toll! Immerhin ist ihm auf Anhieb mein richtiger Name eingefallen...

„Mir geht es gut, Dexter. Geht es dir nicht gut? Du siehst so... du wirkst so..."

„Doch, doch. Bestens. Schön, dass du endlich da bist. Du glaubst nicht, wie ich mich auf dich gefreut habe..."

Wenn wenigstens nur ein Hauch von Begeisterung in seiner Stimme zu hören gewesen wäre!

„Dexter. Wenn es dir heute nicht passt?"

„Nein!" Jetzt Panik in der Stimme. - *Na endlich mal Gefühle!* - Aber seine Augen... Was war mit seinen Augen? Kein Ozean, eher Wattenmeer bei Ebbe.

„Nein. Wirklich. Ich freue mich, dass... Tschuldige. Ich hol mir grad noch ein Wasser."

Tanja schaute ihm nach und war kurz davor, die Tasse hinzustellen und unauffällig zu gehen. Sie würde gehen und... und... Vielleicht wenigstens im Internet? Nein. Nein. Jetzt war alles kaputt. Schon wieder. Wie immer. Dexter war nicht ihre Bestimmung. Jedenfalls nicht ihre Bestimmung zum Glücklichsein. Er war ihr Brechmittel und ein wahrscheinlich nie mehr heilbarer Schmerz. Dieses Herz würde nie mehr fliegen...

Tanja saß da, starrte aus dem Fenster und wünschte sich, sie wäre woanders.

So oft habe ich irgendwo gesessen oder gelegen, alleine, und mir gewünscht, er wäre da, und nun bin ich bei ihm und wünschte, ich wäre weit weg von ihm, vielleicht im Bett und hielte meine Decke in den Armen... Da wäre mehr Wärme, mehr Geborgenheit, mehr Illusion... Das war's! Ich geh.

Tanja schaute auf und sah in Dexters blassblaue Augen im grauen Gesicht im grauen Zimmer...

Ich will das nicht mehr! Bleibt endlich alle für immer einfach schwarz-weiß! Ich kann das nicht mehr!

Doch die Augen schauten sie an. Ja, doch. Er schaute sie wieder an. Nicht mit Abscheu. Mit Verzweiflung.

Oh Mann! Mein Traummann ist ein Psycho!

Tanja schwankte zwischen Mitleid und Angst und Dexter schwankte schon wieder aus dem Zimmer. Er hatte irgendetwas gesagt, weswegen.

So wie er ging, fast torkelte – Hatte er sich vielleicht zu viel Mut angetrunken? Vielleicht sogar Drogen?

Tanja war froh, dass sie eine mögliche Erklärung gefunden hatte.

Sie nahm sich vor, einen letzten Versuch zu starten, denn... sie versuchte es zu unterdrücken... es war einfach zu theatralisch, aber Gedanken lassen sich halt kaum zurückhalten:

Er ist meine letzte Chance. Er ist die einzige Chance! Er war schon immer meine einzige Bestimmung... Ich will Ihn! Ich will Ihn und nichts anderes mehr. Vielleicht muss irgendein Trauma bei ihm durchbrochen werden? War bei einem Treffen mit seiner ersten großen Liebe etwas schief gegangen?

Dexter kam mit einem Teller mit Hawaii-Toast.

Na also! Das hast du doch gut gemacht. Ab jetzt geht es aufwärts!

Tanja fing an, fröhlich zu erzählen. Sie erzählte viel, eigentlich zu viel, aber immer wenn sie eine kleine Pause für ihn ließ, sagte er nichts, sie erzählte weiter, irgendwann musste doch seine Nervosität niedergerungen sein oder der Alkoholpegel sinken. Wenn sie fröhlich war, dann musste er doch auch locker werden.

Aber weder war Tanja wirklich fröhlich, noch war Dexter ansatzweise locker. Sie stand das erste Mal im wirklichen Leben noch ratloser da als in ihren Gedanken. Irgendetwas ging hier ganz furchtbar schief, aber sie hatte nicht den Hauch einer Ahnung, was der Grund war...

Nach der zweiten Tasse Tee stand Tanja vom Sofa auf, nahm sich einen Stuhl und stellte ihn neben Dexters. Sie lehnte sich leicht an ihn und streichelte durch seine Haare, so wie sie es im Chat so oft getan hatte...

Keine Reaktion seines Körpers. Doch. Genaugenommen schon. Der Körper war angespannt, als wäre ihre Berührung unangenehm... Das ließ sich auch mit Alkohol oder sonstigen Drogen nicht mehr erklären...

Ha! Und ich hatte noch befürchtet, ich wäre eine unter vielen... Ich bin gar keine! Er hat mich wieder verwechselt. Er hat nie etwas von mir gewollt!

„Es tut mir leid, Tanja. Mir ist heute nicht so gut. Ich hab mich so auf dich gefreut, aber... Mir ist irgendwie... Ich fürchte, ich bin etwas..."

Dexters Augen waren grau, alles war grau. Dexter sprach noch weiter. Tanja hörte schon gar nicht mehr hin. Sie war schon mit besseren Lügen rausgeschmissen worden.

„Ja. Kein Problem. Ich geh dann mal."

„Danke. Ich weiß wirklich nicht... Es tut mir leid."

Tanja war schon bei der Tür.

„Meld dich einfach, wenn es dir wieder besser geht."

„Genau. Das mach ich."

Sie wollte es schon nicht mehr, aber sie konnte nicht anders und warf noch einmal einen kurzen Blick in sein Gesicht. Deutliche Erleichterung, dass sie ging.

„Ich ruf dich an!"

Dexter schloss mit einem verzweifelten Gesicht die Tür und wartete nicht mal, bis sie losgefahren war...

Ich ruf dich an? Ich fasse es nicht! Wenigstens beim in den Abgrund stoßen hättest du dir etwas Mühe geben können, Dexter Flemming!

Sie starrte noch lange Zeit entrüstet auf die geschlossene Haustür. In Filmen oder in diesem Buch, was sie neulich gelesen hatte, setzte in solchen Momenten irgendeine tragische Musik ein. Bei ihr herrschte nur fürchterliche Stille, in der seine Worte nachhallten. Immer wieder unsinnig wiederholt, als würde dadurch etwas anders, etwas besser. „Ich ruf dich an." Sie wünschte sich laute und übertönende Musik, aber ihr persönlicher Regisseur blieb hart. Sie würde nie wieder ohne iPod ausgehen.

Das Fahrradfahren auf dem Rückweg sehr anstrengend, das dauernde Gefühl von Gegenwind, bis Tanja auffiel, dass ihr die Haare von hinten ins Gesicht geweht wurden. Starker Rückenwind also eigentlich. Trotzdem dieses starke Gefühl von Gegenwind... War das möglich? Wind von zwei Seiten gleichzeitig? Es gab ja so alles Mögliche an Wetterphänomenen, wenn zwei Wettergebiete aufeinander trafen.

Durchaus passend: Ihr Leben gefangen zwischen zwei Tiefdruckgebieten. Tanja schon seit Jahren eingequetscht zwischen unzähligen Tiefdruckgebieten, geschüttelt von Winden, gleichzeitig aus verschiedenen Richtungen, die sie zusammendrückten oder zerrissen, ein Schauer nach dem anderen, und wenn sie dann einmal zwischen Tief und Hoch gefangen war, entstand ein Hurrikan...

- 24 -

Gut, dass Bernhard so wenig mitbekam und so wenig fragte. Er hatte seine innerlich völlig verwüstete Frau am Sonntagabend nur kurz begrüßt und war dann zum Bowling weggefahren.

Das war inzwischen zwei Tage her. Dexter meldete sich nicht mehr. Tanja hatte, gegen ihren erklärten Willen, doch sofort, als sie nach Hause gekommen war, eine kurze Nachfrage per Mail geschrieben, er solle sich wirklich melden. Sie hatte auch noch einmal die Mailadresse kontrolliert. An ihr lag es diesmal nicht.

Es kam nichts.

Schlimmer als sein Schweigen: Es machte ihr nichts aus. Es war so ein intensives Gefühl von Leere und völliger Desillusioniertheit in ihr, dass sie nichts mehr enttäuschen konnte. Da war nichts mehr. Was sollte noch zerstört werden? Dieser kleine Funken Hoffnung, der ab und zu aufleuchtete?

Drei Tage später:
Und wieder holte sie das Handy hervor und schaute nach, ob inzwischen eine Mail von ihm gekommen war. Nein, auch in den letzten vier Minuten nicht.

Der ist doch längst im Bett...
Halt die Schnauze!!!

Tanja konnte es nicht leiden, wenn sie nicht Herrin über ihre Gedanken war und wenn die Schimpfworte benutzten...

Noch ein großer Schluck Merlot. Wann war sie endlich so weit, dass sie von der inneren Diskussion nichts mehr mitbekam? Die letzten Gedanken waren einfach zu nah an die frustrierende Wahrheit gekommen...

Ich war immer schon die Pausenunterhaltung, der Snack zwischendurch. Brückentechnologie würde unsere Kanzlerin sagen...

Man unterhält sich nett mit mir, während man im Aufzug ist und dann steigen sie aus und leben ihr wirkliches Leben.

Ich bin nur die Fahrstuhlführerin. Ich bin nützlich. Man kennt mich, aber man will mich nicht wirklich kennenlernen. Ich interessiere nicht.

Vielleicht bin ich ganz sympathisch, vielleicht mag mich jemand. Manchmal ein kurzer Gruß, bevor sie aussteigen, selten ein Lächeln, und dann umarmt mich jemand und dann habe ich für einen Moment das Gefühl, dazuzugehören und dann gehen sie über den Flur, werden schon von anderen begrüßt, alle haben Zimmer, Aufgaben, eigene Stempel, eigenes Briefpapier, auf dem sie wichtige Korrespondenz schreiben, Entscheidungen treffen und verkünden. Sie beeinflussen die Welt. Sie sind die Welt.

Ich bin ein gutes Liftgirl, ich kenne alle mit Namen, bin immer höflich, weiß, wer in welcher Etage raus muss, aber ich bin keiner von ihnen, keiner von irgendjemand... Ich werde für immer hier im Lift fahren und irgendwann im Kellergeschoss einfach umfallen...

Oder vielleicht doch wie in „Das Appartment"? - Bin ich jemandes Liftgirl und weiß es nicht?

Nein, ich habe keinen Feierabend. Ich trau mich nicht raus...

Quatsch! Ich habe mich schon mehrmals raus getraut, zuletzt mit dieser Mail an Dexter... Aber draußen beachtet mich niemand. Es ist ihnen unangenehm, wenn das Liftgirl so tut, als hätte es etwas mit dem richtigen Leben zu tun.

Ich weiß meine Aufgabe. Sie wissen ihre Aufgabe. Sie schätzen mich. Mehr nicht.

Tanja war furchtbar müde, traute sich aber nicht ins Bett. Seitdem sie ihre Dexter-Decke nicht mehr festhalten konnte, seitdem diese keine Wärme mehr ausstrahlte, war ihr furchtbar kalt und einsam im Bett. Und wenn Bernhard da war auch noch laut.

Tanja öffnete eine zweite Flasche Merlot. Drei Euro bei REWE. Auf den Geschmack kam es heute wirklich nicht an!

Die Kunst war, den Punkt zu finden, dass sie es noch gerade ins Bett schaffte, aber auch nicht früher..., nicht bevor der Debattierclub endgültig ertränkt war.

Eine Woche später:

Tanja steckte das Handy wieder ein. Nachdem sie vorhin im Radio gehört hatte, dass heute der *„Tag des Kusses"* war, hatte sie Dexter spontan eine Menge :* geschickt... Bisher war noch kein Haken gekommen, als Zeichen, dass er es gelesen hatte.

Wenn sie ehrlich war: Sie hatte ja nicht mal gehofft, den Haken zu sehen, geschweige denn, dass sie noch an eine liebe und vor allem erklärende Antwort von ihm glaubte. Sie hatte aber wenigstens gehofft, dass sie noch gespannt gewesen wäre, dass da noch einmal dieses Kribbeln gekommen wäre, ob er etwas geschrieben hatte... Nichts!

Ich bin nichts mehr. Meine Gefühle haben das komplette Burnout. Nicht mal mehr eine ergreifende Verzweiflung... Nur noch Resignation, Müdigkeit. Es tut nicht mehr weh. Stilles, leeres Starren, notdürftiges Funktionieren im Alltag, aber alle Emotionen hocken mit gebrochenen Flügeln auf dem Boden und heben auch nicht mehr ein bisschen ab... Sie versuchen nicht mal mehr zu gehen. Sie haben ihr stilles Eckchen gefunden und wollen da in Frieden verenden... Wie Donja damals in der Waschküche. Ihr Kopf auf meinem Schoß, ihre Pfoten in meinen Händen. Wer wird meine Pfoten halten?

Tanja starrte in den grauen Garten...

- Welche drei Dinge würden sie auf eine einsame Insel mitnehmen?

Ast, Strick, Stuhl.

Zwei Wochen später:

Erhängen wäre nichts für sie, aber als Tanja auf der Neuen Elbbrücke stand, war da für einen Augenblick tatsächlich die Versuchung zu springen. Dafür hätte es aber einer gewissen Willenskraft bedurft. Außerdem wusste sie ja, was da alles in dem Wasser schwamm und sie war sich auch sehr unsicher, ob es überhaupt hoch genug war.

Nein, das ist keine adäquate Todesart für mich.

Überhaupt! Was soll die Scheiße! Ich will ja leben. Endlich leben!

Sie hatte bloß fälschlicherweise gedacht, dass Dexter ihre Erlösung aus dem bisherigen Tiefschlafleben sei... Nein. Er war nur der Wecker gewesen, leider nicht der Begleiter. Jeder ist für irgendetwas gut. Sie hätte gewünscht, dass Dexter für mehr gut gewesen wäre... Immerhin ein liebenswerter und gutaussehender Wecker. Aber aufstehen und das Leben angehen, das musste sie jetzt halt selbst.

Vielleicht war es ja auch gut so. Wer wäre denn da zu Dexter gekommen, wer hätte da mit ihm zusammengelebt? Tanja? Who the fuck is Tanja? Wäre da ein vollständiger, ein ebenbürtiger Partner gewesen? Nein. Sie war vertrocknet, sie war sanierungsbedürftig, sie musste sich erst mal wieder selber finden... Wieder?!? Das erste Mal selber finden, sie selbst werden. Dann konnte sie jemandem ein Partner sein.

Wie hatte Janet einmal gesagt? Jeder, der dir im Leben begegnet, ist für irgendetwas gut, nicht immer für das, was du gern möchtest, aber für irgendetwas.

Vielleicht war Dexter ja immer nur dafür kurz in ihr Leben geschickt worden, um einen Neustart anzuregen. Diesmal kein Neubeginn an einen anderen Ort, diesmal ein Neubeginn im Charakter, in der Seele, in dem, was Tanja ausmachte.

Tanja las ihre Kurzgeschichten und Tagebücher von früher, um sich näher kennenzulernen, belegte einen Yoga-Kurs, sie fasste kleine Vorsätze und machte sich einen Zeitplan, bis wann sie die erreicht haben wollte, sie schrieb wieder jeden Abend Tagebuch, presste jeden Tag so aus, bis wenigstens ein winziges Goldkorn rauskam. Sie merkte, dass sie auf einem guten Weg war, es fiel bloß alles so schwer, weil sie noch immer von so einer tiefen Traurigkeit, von Enttäuschung, von extremer Ernüchterung gefangen gehalten wurde. Er meldete sich nicht. Immer erschien irgendwann „gelesen" auf die kleinen Anfragen oder Grüße, die Tanja ab und zu nach einem Sehnsuchtsanfall schickte, aber nie eine Rückmeldung.

Sie saß abends in Gedanken alleine am Strand, wo sie noch vor ein paar Wochen mit Dexter gesessen, Händchen gehalten, Sandburgen gebaut und den Mond auf den Wellen bestaunt hatte...

Ein paar Mal war sie tatsächlich zum Elbstrand gefahren, einmal sogar nach Wedel, wo er in seinen Träumen wohl gewesen sein mochte. Sie fand weder ihn noch die alten Gefühle. Graues Wasser, Kälte, Einsamkeit, graue Welt, grauer Merlot.

Die leere Flasche blieb am Strand liegen.

- 25 -

Auf dem Hinweg zum Einkaufen hörte Tanja wie so oft *Mad World*.

Als sie am REWE ankam, drückte sie auf *Zurück* und freute sich schon darauf, auf dem Rückweg wieder im Selbstmitleid zu baden. Manche melancholischen Lieder waren einfach so genial, dass es sich dafür schon mal lohnte, den Blues zu haben.

Na toll! Das passt ja. Carsten ist nicht da, obwohl es Dienstag ist und er doch eigentlich immer...

Der Merlot war ausverkauft, der Käse nicht mehr lange haltbar und die Äpfel hatten ihre beste Zeit auch schon lange hinter sich.

„Hallo Kollegen", murmelte Tanja beim Vorbeigehen. Wahrscheinlich noch sehr schmackhaft..., aber wer wollte das bei der schrumpeligen Schale ausprobieren?

Tanja warf, während sie in der Schlange wartete, noch einmal einen kurzen Blick auf ihr Smartphone... *Scheißtag!*

An der Kasse saß ein älterer Mann, der sie etwas genauer musterte, als ihr angenehm war. Stimmte was mit ihren Haaren nicht? Tanja wusste, dass sie momentan zu wenig Wert auf ihr Äußeres legte, aber wegen Carsten hatte sie doch extra geduscht.

„Entschuldigung, aber kann es sein, dass sie Tanja Bauer sind?"

„Ja..." Tanja nickte erstaunt.

„Ich soll Ihnen liebe Grüße von meinem Kollegen Carsten Wenzel bestellen. Es tut ihm sehr leid, dass er heute nicht hier sein konnte. Er muss für drei Wochen in unserer anderen Filiale einspringen. Er hat ihnen aber etwas hier gelassen, damit Sie ihn in der Zeit nicht vergessen."

Der Mann lächelte verschmitzt und reichte ihr eine schwere Jutetasche. Tanja warf einen kurzen Blick hinein. Zwei Flaschen von dem besseren Merlot und ihre Lieblingspralinen.

„Oh. Vielen Dank! Können Sie ihm einen ganz lieben Dank und Gruß von mir bestellen?"

„Also, ich sehe ihn erst in drei Wochen wieder, aber Sie können das glaub ich selber machen. Zu der Tasche gehört auch noch eine Nachricht."

Er zog lächelnd einen Zettel unter der Geldschublade hervor.

„Er mag Sie wirklich sehr gern und würde sich glaub ich riesig freuen, wenn Sie sich melden."

„Danke!" Tanja schaute auf den Zettel mit seiner Mailadresse und steckte ihn dann in ihre Handtasche und verließ mit sehr leichtem und beschwingtem Gang den REWE...

Im Auto lief automatisch *Mad World* an.

Entschuldige, Gary, aber dein Lied passt jetzt gerade sowas von nicht!

Schnell zog Tanja die Tasche mit den CDs raus und nahm die mit der Aufschrift „Bunte Tage" heraus.

Gary Jules schaute erstaunt und etwas pikiert, als er in der Hülle verschwand.

Was war das? Das gleiche Lied, das eben noch ihr einziger Freund und Trost war, war auf einmal fehl am Platz.

War sie vielleicht so ein Lied für Dexter? Brauchte er sie nur von Zeit zu Zeit? War sie nur für wenige kleine sonst schrecklichen Momente geschaffen für ihn? Wenn sie wenigstens das wüsste! Wenn er sagen würde, dass er sie brauchte, wenn auch nur selten. Das wäre doch schon mal mehr Wissen als jetzt.

Andererseits: Würde sie wirklich nur ein Lied für schlechte Zeiten sein wollen? Sie wollte in guten und in schlechten Zeiten immer bei ihm sein... Glaubte sie.

Aber in diesem Moment glaubte sie auch das nicht, denn ihr Herz war ganz woanders. Auch das etwas, was sie nicht recht verstand an sich: Eben noch hatte sie Dexter zu Füßen gelegen, sein Lieben oder nicht Lieben war das alles Entscheidende, das einzig Bedeutende in ihrem Leben gewesen, und nun fuhr sie voll gespannter Vorfreude und natürlich, wie immer, mit Angst vor der Enttäuschung zu ihrem Laptop, um diesmal eine Mail an Carsten zu schreiben, wann sie sich mal treffen könnten.

Wenn nur halb so viel wahr war, wie sein Kollege vorhin andeutete, dann war sie ihm etwas, und sie fühlte sich auf einmal bei ihm größer und wertvoller und das war ein wahrlich gutes Gefühl.

Sollte sie nicht lieber nach so einem Mann suchen, der sie schätzte, der sie aufwertete, bei dem sie wertgeschätzt wurde? -Sie liebte dieses Wort! – Jemand, der verlässlich war, bei dem sie sich auf ein Lächeln, auf Freude seinerseits verlassen konnte? Anstatt bei Dexter in ständiger Angst vor der nächsten Demütigung, nicht zu wissen, wo sie dran war.

Aber..., war das denn normal und gesund, was ihr Herz da machte? Fast wie Donja früher: Gerade noch saß sie wedelnd vor ihr, mit treuherzigen Augen, die versicherten: Ich liebe nur dich, Frauchen! Und dann kam ihr Mann oder Sohn und sofort war sie wedelnd bei denen, ja selbst wenn Schwiegermutter kam. Es könnte ja überall Leckerchen geben...

War ihr Herz gar nicht auf die eine große Liebe aus, sondern auf Leckerchen?

- 26 -

Tanja saß vor ihrem Laptop und erntete Tomaten bei *Farmville*.

Zwischendurch kontrollierte sie immer wieder, ob nicht doch endlich mal eine Rückantwort im Chat stand. Natürlich nicht.

Die meisten Tage machte es ihr nicht mehr wirklich etwas aus oder sie hatte es an den Tagen gut verdrängt oder...

Es ist doch scheißegal wie und warum! Heute hat es halt nicht geklappt. Mann, Mann, Mann! Auch das muss sich ändern! Tanja!

Wirklich Spaß machte ihr die Farm nicht mehr, aber es war eine willkommene Ablenkung und eine einfache stupide Beschäftigung nach einem anstrengenden Tag. Erschöpft war sie weniger von der alltäglichen Arbeit, viel anstrengender war die nicht mehr zu verdrängende Selbsterkenntnis:

Sie würde etwas ändern müssen. Sie würde viel ändern müssen! Alles!

Max würde bald eine eigene Wohnung haben und Tanja überlegte, wann danach der passende Zeitpunkt wäre auch auszuziehen.

Würde Bernhard traurig sein? Nach wie viel Wochen würde er es überhaupt merken? Wahrscheinlich wenn kein Bier mehr im Kühlschrank war...

Sie blickte kurz zur Couch. Bernhard drehte sich gerade um und prostete ihr mit seinem Jever zu. Tanja hob ihr Glas mit Merlot. Bernhard schaute schon wieder Richtung Fernseher.

Vor ein paar Wochen war es noch schwierig gewesen, hier nicht wegen Euphorie und Erregung aufzufallen und jetzt musste sie sich zusammenreißen, um nicht schluchzend zusammenzusacken und das erklären zu müssen.

Carsten war ein guter Freund geworden. Mehr hatten weder er noch sie gewollt. Trotzdem... vielleicht sogar ein Goldklumpen. Er schrieb ihr fast jeden Tag und das tat ihr gut. Er teilte auch immer sehr schöne oder lustige Bilder auf Facebook. Ja, an vielen Tagen war das wirklich aufbauend und reichte auch. Aber ab und zu kam halt doch wieder diese Erwartungshaltung von früher hoch, dass das Leben etwas Besonderes sein könnte, etwas Großes, Geniales für sie bereit halten müsste...

Manchmal schaffte sie es nicht, das schon im Keim zu ersticken und dann saß sie wieder da und sah Dexter im Regen auf der Mauer sitzen und fühlte, da wäre etwas möglich gewesen in ihrem Leben, aber irgendwie, irgendweswegen, ne, das Wort gab es nicht.

Tanja, halt die Klappe! Hör endlich auf! Bleib still in deinem kleinen langweiligen Lebenszug sitzen und versuch nicht noch einmal auszusteigen und eine Blume am Wegesrand zu pflücken... Alles Fake. Alles Kakteen!

Trotzdem sicherheitshalber noch mal ein Blick in das Postfach, bevor sie den Computer runter fuhr: Nichts.

Wieder die Bestätigung, das, was ihre Freundinnen auch schon immer gesagt hatten: Männer sind gefühlskalt und herzlos, nur Frauen sehnen sich nach Liebe, Wärme, Komplimenten...

Dann schnell laut singen oder betrinken oder sonst wie ablenken, damit nicht wieder das Wissen hoch kommt:

Alles Quatsch! Sie sehnen sich nach Liebe, Wärme und Komplimenten, aber halt nicht von mir...

Vier Wochen später wog Tanja wieder so viel wie früher, ach, sogar noch mehr. Schokolade war ihr bester Freund und Merlot die einzige Vitaminquelle. Aber es gab auch Positives in ihrem Leben:

Bernhard wurde immer netter, achtete sogar auf sein Äußeres: Er hatte jetzt sehr kurze Haare, die er nach oben gelte, wodurch er zehn Jahre jünger aussah. Auch trug er wieder Hemden und richtige Hosen. Das Beste aber war, dass er fast jeden Tag Gitarre spielte, sogar ab und zu mit Tanja tanzte.

Wenn sie ehrlich war: Bernhard war momentan deutlich lebensfroher und unternehmungslustiger als sie selbst. Tanja saß inzwischen sehr häufig vor dem Fernseher und Bernhard war mit seinen Kegelbrüdern unterwegs.

Tanja schaltete um, aber auch auf Sat1 kam nichts Vernünftiges. Ein Drama über ein unglückliches Paar, das sich dauernd stritt und mit viel fliegendem Geschirr. Nein, unglücklich waren sie ja nicht. Das Service von der Hochzeit war noch komplett.

War Bernhard vielleicht doch tatsächlich ihr großes Glück? Hatte sie bloß durch den irrealen Dextertraum und durch zu viel Frauenzeitschriften und Liebesromane eine völlig überdrehte Erwartungshaltung gehabt?

Nachdem sie Dexter nun aus ihrem Leben geschmissen hatte (Die Decke hatte sie auf den Dachboden gebracht, obwohl sie wusste, dass dort eine Maus lebte) sortierte sie auch sämtliche Kitschromane, *My Weekly* und Frauenzeitschriften aus.

Schluss mit der Träumerei vom Paradies! Jetzt wird das Leben hier angegangen!

- 27 -

- Welche drei Dinge würden sie auf eine einsame Insel mitnehmen?

Meinen Kühlschrank, den Vorratsraum und die Brotschneidemaschine.

Abends ein Blick in den Spiegel, nachdem sie tagsüber bei Facebook diverse Bilder von Frauen gesehen hatte...

Es gab dort hauptsächlich zwei Extreme:

Ein schlanker junger Typ Frauen, immer mit anerkennenden oder anzüglichen Kommentaren und hunderten von Likes...

Die Frau da im Spiegel gehörte eher zu dem anderen Typ von Frau. Die besseren Kommentare wenigstens noch witzig...

Was genau hatte sie sich gedacht, wen Dexter sehen würde, wenn er die Tür aufmachte? Sie hatte sich für einen Moment als Schönheit gefühlt, nach all seinen warmen

Worten vorher. Vielleicht war es ihm auch so gegangen. Er hatte auf eine Schönheit gehofft und dann stand da halt Tanja...

Seine warmen Worte... Tanja spürte, dass es wieder in ihr aufsteigen wollte. Nein! Sie hatte in den letzten Wochen gelernt, es wegzusperren. Das gehörte nicht zu ihrem realen Leben, darum sollten sich die Träume kümmern. Sie war jetzt eine selbstbewusste Frau und manchmal glaubte sie sogar daran, wenn sie das sagte.

Seine warmen Worte... Wollen wir doch mal sehen, ob sie mir noch was anhaben können!

Sie las nach längerer Zeit wieder die Chatunterhaltungen von vor einigen Monaten durch. Zumindest ein Teilerfolg. Sie verfiel nicht wieder in Sehnsucht nach Dexter, dafür wieder in tiefe Selbstzweifel.

Bei Stellen, bei der es ihr damals heiß durch alle Glieder lief, nagte jetzt der Zweifel an allen Eingeweiden: Hatte er das nur geschrieben, um sie anzumachen, um sie rumzukriegen? Es gab keinen konkreten Anlass, das zu glauben, aber es schien ihr typisch für einen Mann. Dass sie ähnliches Verhalten von sich kannte, dass sie es von vielen Freundinnen wusste, dass sie es bei keinem Mann wirklich wusste, änderte nichts an ihrer Überzeugung, dass dies eine typisch männliche Masche war...

Was erwartete sie denn von Männern in ihrem Alter? Falsch! Was hatte sie erwartet, was er von ihr erwartete?

Schon mal von Midlife-Crisis gehört, Tanja? Nach was glaubst du, schauen diese von ihren Hormonen überforderten Männer aus? Nach einer Frau mittleren Alters mit

Bauch, Falten und erheblichen Problemen im Selbstbewusstseinsbereich? Nein! Leute wie Dexter, die ungerechterweise einfach immer noch umwerfend aussehen, die fahren jetzt mit ihrem Cabrio durch die Innenstadt und schleppen achtzehnjährige Nicolenachkomminnen ab! Frische, unverbrauchte, fröhliche, schlanke Mädchen, die Spaß haben, die lachen, die gut drauf sind, auch gut auf ihm drauf sind und nicht eine, die vor Glück weinen würde, wenn sie jetzt in Dexters Armen läge, weil sie endlich da angekommen wäre, wo sie sich schon über dreißig Jahre hin sehnte...

Tanja war schon wieder so melancholisch zumute, dass sie doch noch einmal eine kurze Nachricht an Dexter im Messenger schrieb.

Es war jetzt ja sowieso alles egal. Es war vorbei. Endstation. Der Fahrer sagte zwar nicht, dass sie aussteigen sollte, er hüllte sich in Schweigen. Aber es war logisch, die Tür stand auf, niemand mehr im Wagen, nur Tanja...

Okay. Ich geh ja gleich.

Tanja beschloss, die Unterhaltung endgültig zu löschen, Dexter aus der Liste ihrer Freunde bei Facebook, in ihrem Leben, zu streichen. Aber zum Abschied noch einmal das sagen, was sie ihm mit Allem, was sie je an ihn geschrieben hatte, immer hatte sagen wollen... Es war ja nichts mehr da, was sie damit kaputt machen konnte:

- Ich liebe Dich Dexter! Ich habe keine Ahnung, was das genau bedeutet, aber ich hätte es so wahnsinnig gerne mit Dir zusammen herausgefunden...

Tanja starrte auf den Bildschirm, der Text verschwamm langsam hinter einem Tränenschleier, als unter ihrem Text der Haken aufleuchtete.

Tanja wischte die Tränen schnell weg. Dexter hatte es gelesen! Es leuchtete ein grauer Haken (der für andere Menschen wohl grün aussah) neben seinem Namen. War er jetzt gerade zuhause an seinem Computer?!?

Oh Gott! Ja! Nein. Doch!!! Ach was... Aber..., wenn er aus irgendeinem Grund... Vielleicht... Müsste ich nicht erst... RUHE!

Nichts passierte. Kein „Dexter schreibt etwas".

Nichts.

Wieder nichts!

Das konnte doch einfach nicht sein! Sie musste es jetzt ein für alle Mal klären, damit sie endlich in Ruhe mit ihrem neuen, dexterfreien Leben beginnen konnte!

Tanja zog sich ohne das übliche lange Überlegen an und fuhr mit der S1 nach Wedel, ging die zwei Kilometer bis zu seinem Haus. Wenn er aufmachen würde, würde sie ihn anschreien, schlagen und auf den Boden schmeißen, ihm die Kleider vom Leib reißen und dann einen Haken auf seinen Steifen machen und gehen und sich nie wieder melden. So in der Art...

Sie klingelte.

Sie hörte ein Geräusch drinnen. Ein Stuhl wurde zurückgeschoben, der Vorhang beim Küchenfenster bewegte sich, doch bevor sie richtig hingeschaut hatte, war das Gesicht wieder verschwunden.

Tanja wartete.

Sie lauschte. Jetzt war nichts mehr zu hören.

Sie klingelte nochmal, mehrmals, laut und lang. Sie hämmerte gegen die Tür.

Sie wartete...

Und wartete...

Nichts.

Tanja gab sich einen Ruck und ging.

Okay Dexter, wenn du zu feige bist... Deutlich genug war es ja! Danke. Das war's! Es ist aus! Ich gehe! Ich will dich nie wiedersehen! Ich brauch dich nicht mehr! Ich kann das jetzt auch alleine! Ich... Ich liebe dich, aber ich werde nicht zulassen, dass du mich zerstörst!

Sie stieg erst zwei Bahnen später ein, als die Tränen wenigstens einigermaßen getrocknet waren...

- 28 -

„Mensch Mutter, lass dich bloß von niemandem sehen! Du siehst echt scheiße aus!"

„Danke, Sohn! Du bist total aufbauend."

„Aber wenigstens ehrlich... Tschüss, bis gleich und nicht noch mal hinlegen! Ich hab nur die zwei Stunden."

„Versprochen! Ich bin pünktlich. Bis gleich!"

Tanja warf einen Blick in den Spiegel in der Sonnenblende. Gut, dass es regnete und die Scheiben beschlagen waren. Das war ja wirklich ein grausamer Anblick. Sie hatte, nach mal wieder zu viel Essen und Alkohol, schlecht geschlafen, dafür umso besser verschlafen. Ungewaschen, völlig underdressed, fettige Haare und das rechte Auge war ziemlich dunkel, für Menschen mit Farbensehen wohl gerötet.

Als sie nach unten schaute und sich da das kleine Bäuchlein über den Sicherheitsgurt wölbte, brach sie in Tränen aus. Nach etwas Erster Hilfe durch Schokolade aus dem Handschuhfach ging es wieder besser und auch die Schattierung der Augen war jetzt gleichmäßiger.

So würde sie besser nicht, wie eigentlich geplant, die Einkäufe erledigen; wohl eher nach Hause fahren und duschen. Aber wenigstens die vielen leeren Weinflaschen konnte sie noch zum Altglascontainer bringen. Der lag auf dem Weg und so weit ab von der Straße, dass sie niemand sehen würde. Das Geklirre im Kofferraum wollte sie nachher nicht nochmal ertragen müssen.

Es regnete immer noch, als sie beim Container ausstieg, aber es war so warm, dass es sich angenehm anfühlte. Eine Frisur, die hätte zerstört werden können, hatte sie heute ja nicht. Sie fühlte sich schon halb geduscht, erfrischt und etwas sauberer, als sie den dritten und letzten Karton zum Container trug. Nur ihr altes Hemd war so durchnässt, dass es überwiegend durchsichtig war.

Sie versuchte, die Flaschen mit so viel Schwung einzuwerfen, dass sie zersplitterten. Bei keiner gelang es. Komisch, wenn ihr zuhause ein Glas runter fiel, war es sofort kaputt. War wohl mal wieder nicht ihr Tag. Nicht ihre Woche. Nicht ihr Leben...

Sie erinnerte sich an ihr Horoskop für diesen Monat:

„Steinbock: Sie durchleben in diesem Monat eine Dürreperiode. *So ein Quatsch! Es regnete seit Tagen.* Die Gestirne sind in Aufruhr: Pluto, der in Ihrem Sternzeichen steht, wird von Neptun angegriffen. Das kann dazu führen, dass auch Sie unter Druck geraten. Mobilisieren Sie Ihre steinböckische Power, dann meistern Sie alle Schwierigkeiten!"

Power? Ha! Steinböckische Power. Ich bin kein Steinbock, ich bin eine Steinlaus.

Keinerlei Power. Dabei war Kraft doch Masse mal Beschleunigung. Also Masse hatte sie genug, aber schon seit Jahren keine Beschleunigung mehr und auch keine in Aussicht. Ihr Leben würde für immer in gleichförmiger Geschwindigkeit gemütlich auf sein Ende hin zu tuckern...

Soll Neptun doch Pluto angreifen. Vielleicht gab es da etwas zu zerstören. Was konnte ein Angreifer bei Tanja denn noch anrichten?

Ach, wenn sie doch wenigstens angegriffen würde! Wenn jemand sie für so wertvoll halten würde, dass sich ein Angriff lohnte!

Aber sie war nur ein einsamer Stern am Rande des Sonnensystems, so klein und unbedeutend, dass alle Forscher, die sie entdeckt hatten, keine Meldung gemacht hatten, keiner hatte ihr einen Namen gegeben...

Einen Stern namens Tania gab es: *Tania Australis*, im Sternbild des Großen Bären. Der war groß und hell und schön! 230 Lichtjahre entfernt...

Der kleine, dunkle und leicht dickliche Stern Tanja hatte seinen Kopf an den Glascontainer gelehnt und weinte schon wieder. Vielleicht auch nicht. Sie war sich nicht sicher. Es lief sehr viel Wasser über ihr Gesicht. War ja auch egal. Wen interessierte es denn? Sie selber auch nicht mehr. Zum Heulen war ihr sowieso die ganze Zeit zu Mute. Es machte keinen Unterschied, ob dabei auch Tränen flossen.

Eine Autotür schlug zu, Tanja schreckte hoch und drehte sich um.

Dexter starrte sie erst überrascht, dann erfreut und dann strahlend an:

„Hallo, Miss Wet-T-Shirt!"

Tanja starrte Dexter erst fassungslos, dann erfreut und dann stinksauer an. Doch bevor sie losschimpfen konnte, kam Dexter mit wenigen schnellen Schritten zu ihr und umarmte sie. Als er sie auch noch küssen wollte, stieß sie ihn weg:

„Warum hast du dich die ganze Zeit nicht gemeldet?!?"

„Entschuldige..., klar! Ich nehme an, meine Mail von vorgestern hast du nicht bekommen?"

„Vorgestern? Also. Nein. Unser Anschluss ist gestört. Aber ich warte nicht erst seit vorgestern!!!"

Tanja funkelte ihn böse an.

„Ich war krank, sehr krank."

„Ich glaube eher, du bist krank, sehr krank!"

Tanja wollte ihn jetzt endlich schlagen. Sie wollte nichts hören. Sie wollte ihn in den Container schleudern und er sollte zersplittern.

„Dexter! Ich will es nicht hören. Ich habe mit dir Schluss gemacht! Du warst nicht da, aber ich habe es für mich selbst erledigt. Ich brauche dich nicht mehr!!!"

Tanja glaubte sich kein Wort. Dexter wohl schon. Er sah sehr blass und erschrocken aus. Furchtbar blass, jetzt wo sie ihn näher ansah, irgendwie krank... Hatte er nicht eben sowas gesagt?

Dexter griff nach ihren Händen.

„Tanja, ich verstehe, dass du sauer bist, aber bitte hör mir noch dieses eine Mal zu."

Tanja zog ihre Hände aus seinen und verschränkte die Arme vor der Brust, auch um sie zu verdecken.

„Also gut. Sag, was du zu sagen hast!"

Oh Gott, wie klingt denn das?

Aber etwas Besseres fiel ihr nicht ein. Sie wollte jetzt überhaupt nichts sagen. Eigentlich wollte sie auch nichts hören. Sie war völlig überfordert.

Dexter sah sie mit unendlich müden Augen an:

„Tanja, ich war bis vorgestern im Krankenhaus. Ich habe unser Treffen damals nur durchgestanden, weil ich mich mit Morphium vollgepumpt hatte. Ich fürchte, ich habe das nicht gut vertragen. Ehrlich gesagt, ich habe kaum etwas davon mitbekommen, was du gesagt hast, weiß auch nicht mehr, was ich gesagt habe. Ich hätte es absagen müssen, ich weiß... Ich hatte schon mehrmals den Hörer in der Hand, aber ich konnte es einfach nicht! Ich wollte dich unbedingt endlich wiedersehen! Du weißt ja nicht, wie ich die ganzen Tage vorher von dir geträumt habe! Wie ich eigentlich schon seit über dreißig Jahren immer nur von dir träume...

Kurz nachdem du weg warst, bin ich umgefallen. Mein Blinddarm war durchgebrochen. Wahrscheinlich schon kurz bevor du ankamst. Ich lag zwei Wochen im Koma und danach noch lange auf Intensivstation, mit einem Schlauch im Mund. Meine Schwester hat meine Post durchgeschaut und auch meine Mails und Facebooknachrichten. Sie hat sie mir dann vorgelesen, doch ich konnte nichts sagen. Ich habe mich so gefreut über jede Nachricht von dir, doch dann kam nichts mehr..."

Tanja starrte ihn sprachlos an.

„Ich kann verstehen, Tanja, wenn du... Du musstest ja denken..."

„Musst du gleich kotzen?"

„Nein."

„Gut."

Diesmal umarmte Tanja den inzwischen auch schon völlig nassen Dexter und küsste ihn auf den Mund. Er erwiderte den Kuss leidenschaftlich und nahm ihr Gesicht fest zwischen seine Hände.

Tanja löste sich auf; verlor jegliches Gefühl für Zeit und Raum. Sie war, wie *Tania*, 230 Lichtjahre weit entfernt, entfernt von der Tanja, die sie noch vor wenigen Minuten gewesen war. Ein Gefühl wie 230 Jahre voller Licht, bis sich die Münder und Zungen erschöpft kurz trennten.

Dexter ließ ihr Gesicht los und strahlte sie nun mit tropfenden Haaren an:

„Tanja. Ich habe zwei Tage mit dem Tod gerungen. Alles, an was ich gedacht habe, alles, was mich an dieses

Leben hier gefesselt hat... Du! Hätte ich nicht noch von unserem Sehen beim Abitreffen, von unseren Chats diese Hoffnung gehabt, dass du mich liebst... Ich hätte nicht gewusst, was mich hier gehalten hätte!"

Er nahm wieder ihr Gesicht in seine Hände.

„Hast du schon viele Gesichter so festgehalten?"

Diese Frage war eigentlich ungehörig, aber Tanja musste es einfach wissen.

„Bisher nur einmal, vor gut fünfundzwanzig Jahren."

Sie hörten ein Auto näher kommen und verschwanden, ohne sich loszulassen, hinter den Containern.

Das Auto hielt kurz und aus der offenen Tür wehte ein langsamer Walzer zu Tanja und Dexter.

Dexters rechte Hand wanderte von Tanjas Gesicht zu ihrem Rücken und mit der anderen Hand nahm er ihre rechte Hand in die Höhe. Sie tanzten... ...auch als das Auto längst weg war und keine Musik mehr von außen dazu kam. Sie hatten so viel innere Musik, wundersamer Weise im Gleichklang.

Dexter führte hervorragend durch diverse Tänze bis zum Tango. Als er sie beim Ausfallschritt mal wieder halb in die Waagerechte schmiss, zerrte sie ihn runter auf den Boden. Sie war nicht nur außen völlig nass...

So müde und erschöpft er eben noch ausgesehen hatte, so wild und leidenschaftlich küsste er sie jetzt. Das nasse Hemd klebte an seinem Körper und Tanja erwog einen Moment lang wirklich, es zu zerreißen, aber zum Glück zog er es vorher schon mit einer schwungvollen Bewegung aus und öffnete dann vorsichtig, aber entschlossen ihr Hemd und ihre Jeans.

Als emanzipierte Frau war Tanja natürlich auch nicht tatenlos gewesen und Dexters Hose hing nun über seinen Knien.

Dexter funkelte sie mit tiefblauen Augen an: „Du bestehst hoffentlich nicht auf ein längeres Vorspiel?"

Tanja funkelte zurück: „Fünfundzwanzig Jahre sollten als Vorspiel reichen!" Damit griff sie sich sein steifes Glied und gab ihm eine eindeutige Wegbeschreibung...

Für eine kleine gefühlte Ewigkeit verharrten beide in fester Umarmung, endlich so verschmolzen, wie sie sich das seit Jahrzehnten vorgestellt hatten.

„Autsch!"

„Ich hab doch gar nichts gemacht."

„Nein. Du bist wunderbar. Irgendwas drückt mir in den Rücken..."

„Ich werde da drinnen auch ziemlich gedrückt..." Dexter sah nun wieder sehr gesund und lebendig aus. „Komm du nach oben, da kann dir der Boden nichts anhaben und ich fürchte, ich bin auch noch nicht so bei Kräften..."

Ohne sich äußerlich oder innerlich loszulassen drehten sie sich um 180 Grad und Tanja genoss nun die Aussicht auf den unter ihr liegenden Dexter.

„Keine Angst. Du musst dich nicht anstrengen. Ich komme hier oben schon gut alleine klar..."

Sie hatte erst sagen wollen: „Ich habe alles unter Kontrolle.", aber das stimmte nun sowas von überhaupt nicht. Wie hatte er es eben nur geschafft, so lange still zu halten?

Ihre Hüften begannen automatisch sich zu heben und zu senken und leicht zu rotieren.

Ab und zu meldete sich der fast schon vergessene, wohlbekannte Funke Unzufriedenheit darüber, dass Dexter nur zwei Hände hatte und nicht gleichzeitig ihr Gesicht, ihre Brüste und ihren Po festhalten konnte, aber irgendwann verlor sich Tanja völlig. Sie musste nichts mehr kontrollieren, alles lief von alleine und fühlte sich wunderbar an.

Tanja war nicht mehr auf Dexter, sie war noch viel weiter oben, ganz weit weg; Himmel war vielleicht nicht das richtige Wort, wo das hier gerade doch womöglich nicht ganz christlich war... Nein, das war kein geheiligtes Sakrament, kein „Seid fruchtbar und mehret Euch.", das war heißer, wilder, schmutziger Sex, nicht nur wegen des Schlammes, in dem sie sich jetzt hin und her wälzten. Nein, das war teuflisch gut. Das war heißer als die Hölle und seliger als der Himmel. Das waren Dexter und Tanja, aber nicht zwei Personen, das war inniger, vereinigter; das war mehr eine ganze, komplette und einzige Person, als Tanja es alleine jemals gewesen war.

Dexter sah nun doch wieder sehr blass aus, aber seine Augen strahlten Tanja glücklich an, die schwer atmend auf ihm hockte, immer wieder von ihrem, sie hatte keine Ahnung wievielten Orgasmus geschüttelt.

„Es tut mir leid. Ich kann nicht mehr. Ich würde so gerne noch, aber ich fürchte dann wäre der nächste Orgasmus nicht nur ein kleiner Tod..."

Tanja ließ sich neben ihn in den Matsch fallen. Dabei fasste sie mit der linken Hand in eine Glasscherbe. Ein tiefer Schnitt. Es würde wohl eine kleine Narbe geben. Dafür hatte sie das deutliche Gefühl, dass ein paar große innere Narben gerade verheilt waren...

Rotes Blut, eine bunte Scherbe!

Tanja hätte für immer hier im Schlamm liegen bleiben können, ihr Kopf auf Dexters Brust, fest und geborgen gehalten. Aber so ein Mutterinstinkt ist halt doch eine enorme Kraft, die sich nicht unterdrücken lässt... Sie richtete sich auf:

„Oh mein Gott! Wie viel Uhr ist es? Ich muss los, ich muss Max abholen!"

„Och nö!" Auch Dexter richtete sich auf und schaute sie enttäuscht und ängstlich an. „Aber wir sehen uns bald wieder?"

„Ich melde mich, versprochen!"

„Bald?"

Diesmal nahm Tanja Dexters Gesicht in ihre Hände und küsste ihn.

„Ich ruf dich an!"

Sie zwinkerte.

„Tut mir leid. Der musste jetzt sein. Nein, wirklich. Ich werde ganz bestimmt anrufen! Aber gib mir ein klein bisschen Zeit. Es wird vielleicht ein paar Tage dauern. Ich muss erst mal ein paar Sachen..., ja auch mich erst mal neu sortieren. Ich..."

Auch Dexter nahm nun ihr Gesicht in seine Hände:

„Versprochen? Du meldest dich in spätestens einer Woche? Und sei es nur, um zu sagen, dass du noch mehr Zeit brauchst. Das ist nicht schlimm... Naja... Aber... Ich muss wissen, dass wir... dass... ab wann ich denken muss..."

„Du glaubst gar nicht, wie gut ich verstehe, was du meinst!" Tanja küsste ihn auf die Stirn. „Ich melde mich spätestens übermorgen. Bis wir uns wiedersehen dauert vielleicht länger. Ich habe keine Ahnung. Aber wir werden uns wiedersehen! Großes Miss Wet-T-Shirt-Ehrenwort!"

„Danke! Lass dir Zeit. Zur Not warte ich wieder fünfundzwanzig Jahre auf dich. Aber ganz ehrlich: Wir haben schon so viel Zeit verloren, eigentlich ist jeder Tag ohne dich verschwendet! Entschuldigung, ich wollte dich nicht..."

„Also, dafür brauchst du dich nun wirklich nicht zu entschuldigen!"

„Ich wollte nur sagen: Lass dir so viel Zeit wie du brauchst, aber auch keine Minute mehr."

Sie drückten sich kräftig, dann schob Dexter sie sanft von sich: „Geh! Ich bin nicht der Einzige, der dich gerade braucht."

„Moment. Erst bring ich dich zum Auto. Du bist dir sicher, dass wir nichts kaputt gemacht haben? Geht es dir gut?"

„Es ging mir noch nie besser!"

Nach einem langen Kuss stieg Dexter ins Auto und fuhr weg. Er sah wirklich besser aus als vorhin. Seine Kleidung eher nicht...

Auch Tanja stieg ins Auto und fuhr los.

- 29 -

Tanja stand im Halteverbot und versuchte wieder ruhig zu atmen. Sie hatte nur ein paar hundert Meter fahren können, dann war ihr so schwach in den Beinen geworden, dass sie die Pedale nicht mehr sicher bewegen konnte. Die Kraft reichte gerade noch, um sich kurz und kräftig zu kneifen.

So oft, so intensiv hatte sie in den letzten Jahren von Dexter geträumt, immer in der Überzeugung, dass diese Träume völlig unerreichbar und übertrieben waren und nun hatte die Wirklichkeit keinerlei Probleme gehabt, sie zu toppen.

Nach wenigen Minuten waren die Scheiben völlig beschlagen. Sie konnte jetzt nicht nach Hause! Sie hätte sich dringend umziehen müssen, aber... Was wohl Bernhard sagen würde, wenn er sie so... *Bernhard?*

Sie war verheiratet! Ziemlich abrupt wurde Tanja aus ihrem Glücksbad gerissen.

Natürlich war es keine euphorische Liebe, aber gerade jetzt gab er sich doch so viel Mühe und vor allem war da immer noch dieses Versprechen... Treue! Ein Wort, das ihr immer wichtig gewesen war...

Tanja starrte auf die beschlagene Scheibe. Das war das, was sie wusste. Was fühlte sie?

Bei dieser Frage wurde sie wieder von einer Welle des Glücks umgerissen. Sie fühlte Glück, sie wusste Schuld. Viel zu lange hatte sie jetzt auf ihren Kopf gehört, wenigstens die halbe Stunde, bis sie gleich zu Hause war, wollte sie ihrem Herzen Gelegenheit geben, seinen Triumph auszukosten.

Notdürftig sorgte sie für etwas Durchblick bei den Scheiben und fuhr zur Schule.

„Ach du heiliges Reinheitsgebot! Was ist denn mit dir passiert?"

Max starrte seine Mutter entsetzt an, als er ins Auto stieg.

„Du bist aber nicht überfahren oder vergewaltigt worden?"

„Nein, ich habe mich nur im Schlamm gewälzt. Habe gelesen, das sei gut für die Haut."

„Das hört sich nach dem Spaßigsten an, was du in den letzten Jahren gemacht hast."

Tanja fuhr los.

„Und mit wem hast du dich im Schlamm gewälzt?"

Tanja hätte beinah das Steuer verrissen.

„Aha, ich liege also richtig. Bleibt noch die Frage: Mit Tim, deinem Verkäufer oder mit Dexter?"

Tanja fuhr abrupt rechts ran.

„Ich glaub, wir müssen uns mal unterhalten."

„Ja, aber doch nicht hier! Lass uns da drüben in das Café gehen. Ich könnte was zu trinken gebrauchen und du bestimmt einen Kuchen."

„Ich glaub nicht, dass ich in dem Zustand da rein sollte."

Max schaute sie noch mal an und kicherte.

„Du bekämst sicherlich viel Aufmerksamkeit... Also gut, ich hole uns beiden einen Kaffee ins Auto, okay?

„Ja. Danke."

Tanja hatte einen Moment lang das Gefühl, gleich ohnmächtig zu werden. Es war ein bisschen arg viel auf einmal. Sie hatte noch lange nicht ansatzweise begriffen, was da vorhin geschehen war, aber das deutliche Gefühl, dass alles anders war jetzt, und nun auch noch Max...

Seit Jahren hatten sie sich eigentlich nie länger ernsthaft miteinander unterhalten. Der nötigste Informationsaustausch hatte immer funktioniert, aber ansonsten hatte er sich sehr deutlich von den Eltern abgegrenzt und wollte seine Ruhe haben. Wenn er nicht bei seinen Freunden war, saß er die meiste Zeit vor dem PC. Sie hatte nicht gewusst, dass er irgendwas von ihrem Familienleben mitbekommen hatte und nun kannte er alle drei mehr oder weniger entwickelten Affären?

Die Beifahrertür ging auf: „Hier. Mit Milch und Zucker. Und jetzt erzähl mal! Wer war der Glückliche? Dexter?"

„Ja."

„Das freut mich. Schien mir der Sympathischste."

Tanja erzählte ihm alles.

„Und was willst du jetzt machen?"

„Wenn ich das wüsste..."

„Bist du dir sicher, dass du es nicht ganz genau weißt?"

Tanja durchfuhr ein warmes Kribbeln. Natürlich wusste sie, was sie wollte, aber sie wusste nicht, was sie tun sollte...

„Ja... also... schon... Aber ich kann doch nicht einfach gehen! Ich muss mich doch noch um dich kümmern und..."

„Mutter! Ich bin fast achtzehn, habe meinen Führerschein, das Abi so gut wie in der Tasche, ziehe nächstes Jahr sowieso aus und habe gelernt, Geld zu verdienen. Vater kann auch für sich selber sorgen, er ist da wohl bloß ein wenig verwöhnt worden in den letzten Jahren..."

„Aber..., ich habe ein furchtbar schlechtes Gewissen wegen Bernhard. Das hat er nicht verdient. Er war kein toller Ehemann, aber doch immerhin treu und..."

Max lachte.

„Was?!"

„Tja, dann ist das wohl jetzt der Augenblick."

Max atmete einmal tief aus und ein.

„Ich überlege schon seit Monaten, wann und wie ich dir das schonend beibringen soll. Ist zwar ein seltsamer Ort dafür, aber wenigstens sitzt du und einen passenden Augenblick für diese Mitteilung gibt es sowieso nicht."

„Was denn?!? Mach es nicht so dramatisch!"

„Mutter. Ich war sieben Jahre in der Theater-AG!"

Dann, deutlich ernster:

„Aber einen so dramatischen Text hatte ich bisher noch nie."

Max drehte sich jetzt komplett zu seiner Mutter um, legte seine Hände auf ihre Beine und sah ihr in die Augen:

„Tut mir leid, Mutter, aber da machst du dir wegen des Falschen ein schlechtes Gewissen. Treu war er nicht, schon seit über zehn Jahren nicht mehr."

Tanja starrte Max entsetzt an.

„Seit zehn... über... was?! Woher weißt du...?"

„Ich sag mal so. Wenn man vertrauliche Sachen in einen Computer eingibt, sollte man sie besser sichern."

„Du hast..."

„Nein. Ich habe nicht geschnüffelt! Vater hat mir doch im Frühjahr seine kaputte Festplatte zum Reparieren gegeben und die Datei mit seinen Tagebüchern war fast das Einzige, was ich wiederherstellen konnte. Anfangs hab ich ja nur geschaut, ob der Text zu lesen ist, dann hat mich der Inhalt aber doch auch interessiert."

„Und seit über zehn Jahren...?" Tanja wusste nicht wie sie, nein eigentlich nicht mal, was sie fragen wollte.

„Ja. Und wenn ich schon dabei bin: Er hat dich auch bei der Abrechnung beschissen. Er zieht schon seit Jahren regelmäßig Geld aus der Tanzschule und hat sich ein kleines Vermögen beiseitegelegt. Sonst wäre er sicherlich auch nicht so interessant für die jungen Dinger."

Tanja konnte kaum noch etwas hören, so laut und entrüstet klopfte das Herz in ihrer Brust.

„Aber woher weißt du von meinen...?"

„Von deinen zarten Ausbruchversuchen? Tja, auch Facebook-Unterhaltungen hinterlassen ihre Spuren und vor allem: Du solltest zukünftig besser nicht mitten in einem heißen Chat auf Toilette gehen, ohne Facebook zu schließen, schon gar, wenn das Laptop neben dem Kühlschrank steht!"

Max schüttelte den Kopf, als könnte er so viel Unvernunft nicht fassen.

Tanja starrte Max entsetzt und sprachlos an.

„Keine Panik! Ich habe nicht wirklich viel gelesen. Aber ganz ehrlich: Ich war froh, dass du endlich auch ein wirkliches Leben neben eurer ziemlich toten Ehe angefangen hast.

Hör auf, dir ein schlechtes Gewissen zu machen. Vater hat nicht wegen dir mit dem Gitarre spielen angefangen."

Tanja begann zu schluchzen. Max nahm sie in den Arm und sagte irgendetwas Tröstendes, das sie durch den Lärm ihres Weinens nicht verstehen konnte. Aber der Inhalt war ja auch egal. Sie lehnte ihren Kopf an seine Schulter. Es war einfach alles zu viel auf einmal! Sie spürte gleichzeitig einen furchtbaren Schmerz und auch unendliche Erleichterung.

Nach kurzem Kampf gewann die Erleichterung die Überhand. Sie war frei! Sie war niemandem mehr etwas schuldig. Sie konnte machen was sie wollte.

Es hatte aufgehört zu regnen und plötzlich brach die Sonne durch die Wolken und schien prall und warm durch die Scheibe.

Die Vorstellung, jetzt nach Hause zu fahren, erschien ihr völlig absurd. Das, was sie in den letzten Jahren tausend Mal gemacht hatte, war auf einmal unmöglich. Nein, nie wieder wollte sie zurück in dieses Haus mit diesem Mann, in ihre Vergangenheit, die eigentlich nicht ihre Vergangenheit war, denn sie war dort kaum vorgekommen. Es war immer um andere gegangen, Tanja hatte nicht stattgefunden...

Was sie wollte, war klar. Zu Dexter. Aber damit Tanja zu Dexter konnte, musste Tanja erst mal Tanja finden, Tanja werden. So oft schon hatte sie die Frage beantwortet, aber jetzt wusste sie deutlich wie nie zuvor, was sie auf die einsame Insel mitnehmen wollte... Nichts und niemanden außer sich selbst! Sich selbst endlich kennenlernen!

Max schaute sie an: „Du willst nicht mehr nach Hause, oder?"

„Meine Güte, du bist mir unheimlich. Ich wusste nicht, was ich für einen tollen Sohn habe!"

„Es ist nicht schlimm, unterschätzt zu werden, so lange einen die richtigen Leute durchschauen. Aber schön, dass du es doch auch noch mitbekommen hast!"

„Es tut mir leid, wenn ich..."

„Mutter! Hör endlich auf, dich zu entschuldigen! Also, was machst du jetzt? Wo soll ich dich hinfahren? Zu Dexter?"

„Nein. Noch nicht. Ich... Ich kann doch so gar nicht weg. Ich kann mit den Klamotten nirgendwo hin. Ich habe nichts zum Anziehen, wo soll ich wohnen, was essen?"

„Erwachsene... Es ist unfassbar! Hätte ich eine Kreditkarte mit deinem Verfügungsrahmen, ich wäre schon längst weg... Mutter! Schon mal was von Restaurants und Hotels gehört? Da gibt es sogar Waschmaschinen. Okay. Eine Garnitur Klamotten hole ich dir, damit du irgendwo einchecken kannst und dann kommst du mal selber klar, jo?"

Tanja nickte. „Jo! Okay. Du hast recht."

„Also zum Bahnhof?"

„Ja, genau."

Tanja nickte schon wieder. Ja, sie würde nach Borkum fahren. Martin hatte dort mehrere Ferienwohnungen und hatte ihr auf dem Klassentreffen gesagt, dass er außerhalb der Saison immer einen Platz für sie hätte... Vielleicht konnte sie da zu sich finden, am blauen Wasser... Vielleicht musste sie auch ganz etwas Neues machen. Neuseeland wollte sie auch schon immer mal kennenlernen! Frankreich? Die Welt stand auf einmal völlig offen...

„Ich glaub, ich fahr besser. Du wirkst gerade etwas abgelenkt."

Max fuhr zuerst zum C&A, kaufte dort ein und Tanja zog sich auf dem Rücksitz trockene und saubere Sachen an.

Am Bahnhof umarmten sie sich lange. Max war zwar noch nicht ganz achtzehn und brauchte eigentlich einen erwachsenen Begleiter, aber Tanja wusste, wie sicher er fuhr.

„Mach dir keine Gedanken wegen Vater. Ich pass ja noch ein paar Monate auf ihn auf und ich glaub, es tut ihm ganz gut, wenn er wieder etwas selber organisieren muss. Ansonsten kann er ja mal ausprobieren, ob ihn diese Susi auch so betüddelt."

„Ich weiß gar nicht, wie ich dir danken soll."

„Vergiss ess! Aber schreib mal. Ich geb dir meine E-Mail-Adresse. Die, wo kein anderer Zugriff drauf hat. Bin gespannt, was aus dir wird."

„Ja. Ich bin auch sehr gespannt. Ich habe wirklich keine Ahnung. Es wird..., etwas ganz Neues!"

„Kennst du ‚Stufen' von Hesse?"

„Ich fass es nicht! Natürlich! Du kennst das auch?"

„Mutter! Ich gehe an eine höhere Schule! Obwohl... Mir fällt gerade auf: Da nehmen wir so gute Sachen gar nicht durch. Das kenn ich aus einer Kneipe in der Altstadt, aber das ist jetzt nicht so wichtig... Genieß den Zauber!"

Tanja winkte noch, als er längst um die Ecke gebogen war.

Er würde seinen Weg machen, davon war sie überzeugt. Er schien schon so erwachsen.

Würde Tanja auch ihren Weg finden? Sie fühlte sich so wenig reif. Eher wie ein Teenager... Keine Ahnung, aber wieder viele Möglichkeiten offen, endlich wieder Möglichkeiten offen!

Kein Plan, aber viel Hunger auf Leben!

Der Zauber war wieder da...

Epilog

<u>30 Jahre später:</u>

Tanja stand in ihrer Küche und bereitete das Essen vor. Ihr Laptop meldete sich. Eine neue Nachricht im Messenger...

- tanja, bist du da?
- Ja, Dexter.
- ist dein mann zuhause?
- Nein, auf Arbeit.
- hast du viel an?
- Ich bin vollständig bekleidet und Du lässt jetzt Deine Finger von mir. Ich muss kochen!
- och menno... darf ich dich beim abitreffen nächste woche wieder nach hause bringen?
- Ja, ich freu mich drauf! ...und jetzt fahr endlich den Rechner runter und komm nach Hause, Du Unfug. Das Essen ist gleich fertig!
- ☺
- Das ist die Nachspeise…
- ☺ ☺
- Ach, Du Schwerenöter! Ein Kuss als Vorspeise und der Rest wirklich als Nachspeise, sonst wird wieder das Essen kalt und ich hab wirklich lecker gekocht…
- ❤
- ❤ ❤
- ❤ ❤ ❤
- ❤ ❤ ❤ ❤

- ♥ ♥ ♥ ♥ ♥
- ♥ ♥ ♥ ♥ ♥ ♥
- Buffz!

Tanja lachte, machte ihr Laptop zu und schaute aus dem Fenster auf den Weinberg, den sie von ihrem Küchenfenster aus sehen konnte. In ein paar Wochen würden sie ihren ersten selbst angebauten Merlot ernten. Die Trauben waren schon prall und von einem intensiven Blau.

Davor ihr Gemüse- und Kräutergarten. Sie hatte die Pflanzen zwar auch nach der Nützlichkeit für die Küche, aber vor allem nach ihren vielen unterschiedlichen Farben ausgesucht.

Seit fast fünf Jahren war ihre Welt durchgehend bunt und inzwischen war sie sich sicher, dass dies für immer so bleiben würde...

P.S.:

Bei der Hochzeitsfeier vor zwei Jahren waren Schwarz, Weiß und Grau verboten gewesen. Selbst die Sahne auf den Kuchen war eingefärbt.

Bunte Teppiche, Tischdecken, Girlanden, Bänder, Luftballons - Jeder Kindergeburtstag dürfte dagegen trist ausgesehen haben.

Alle Gäste waren in bunten Hosen, Hemden, Krawatten, Hüten und Anzügen gekommen und Tanjas Brautkleid hatte zweiundvierzig verschiedene Farben...